DAS BESTE MEINER LIEBE

Band 4 der Serie Heimkehr nach Green Valley

von

VIRNA DEPAUL

DAS BESTE MEINER LIEBE
Copyright © 2016 by Virna DePaul

BUCHBESCHREIBUNG

Nie hätte der irische Herzensbrecher gedacht, so bald nach seinem Umzug in die USA einer Frau zu verfallen. Schließlich schrieben seine Brüder in diesen Tagen Liebe und Bindung groß und *jemand* musste die Damenwelt bei Laune halten. Doch nun muss Riley, nachdem er Erica Underwood monatelang auf freundschaftlichem Abstand gehalten hat, eine Entscheidung treffen. Soll er weiterhin die Abwechslung genießen, sich wieder mit seiner Ex-Freundin in Irland vereinen, die eine zweite Chance möchte? Oder soll er endlich etwas in Sachen Erica unternehmen – die eine Frau, die er nicht aus seinem Kopf bekommt?

Nach einem kurzen Urlaub in Irland kehrt Riley in das kalifornische Weinland zurück und plötzlich hat sich sein Verhalten gegenüber Erica verändert. Neckende Blicke und zögernde Berührungen verraten, dass er für mehr als nur Freundschaft bereit ist. Doch Erica hat hart dafür gearbeitet, über ihre Schwärmerei für Riley hinwegzukommen. Sie hat angefangen, mit einem anderen Mann auszugehen, und als Riley ihr endlich seine Gefühle offenbart, ist sie davon überzeugt, dass er sich lediglich von der Herausforderung angezogen fühlt, die sie nun darstellt.

Doch Riley gibt nicht auf und begibt sich auf eine Mission, um zu beweisen, dass sie füreinander geschaffen sind. Sowohl im Bett als auch außerhalb. Bald sind sie unzertrennlich und ihre Leidenschaft ist wie ein loderndes, ungezähmtes Feuer. Bis eine Anruf von Rileys Ex-Freundin Lucy droht, alles zu zerstören…

Wird die Beziehung von Riley und Erica angesichts der unerwarteten Herausforderungen zerbrechen oder wird ihre Liebe das Beste in ihnen zum Vorschein bringen und sie zum Happy End führen?

KAPITEL EINS

Es war seltsam: Nachdem er sein bisher dreiundzwanzigjähriges Leben bis auf ein Jahr vollständig in Irland verbracht hatte, fühlte sich die Rückkehr nach Kalifornien wie Heimkehr an. Rileys Besuch in seinem alten Revier war im Großen und Ganzen ein guter gewesen, nicht zu erwähnen – aufschlussreich. Doch er spürte ein unmissverständliches Gefühl des Friedens, als er nach Forestville zurückkehrte. Vor allem als er *The Stylish Irish* betrat, die Kombination aus Pub und Restaurant, die er im vergangenen Herbst mit seinen Brüdern eröffnet hatte. Jeder Tisch und jeder Stuhl, jedes Schild und jedes Foto an der Wand waren ein Symbol der Arbeit, die er und seine Brüder in ihr neues Zuhause in den Staaten hineingesteckt hatten. So stressig es auch war, so sehr es einem regelrecht auf den Sack gehen konnte – er liebte jede Minute.

„Da ist er ja. Der verlorene Sohn kehrt endlich zurück."

Riley grinste seinem Bruder Brady zu, der hinter der Bar stand und Gläser polierte. Brady war groß wie ein Haus und es war schwerer, ihn umzuhauen als ein solches, doch er hatte ein Herz aus Gold. Vor zwei Monaten hatte er sich in eine Frau aus der Gegend verliebt, Anna Kincaid, und seitdem schien Brady zufriedener zu sein als je zuvor. Er hatte ihr bei der Sanierung ihres Unternehmens, *AdvenTours*, geholfen, das in nur wenigen Wochen am Memorial Day Wochenende Wiedereröffnung feiern sollte. Anna hoffte noch immer, Brady dazu zu bringen, mit ihr Ziplinen zu gehen, und Riley wusste, dass Brady früher oder später klein beigeben würde. Brady war kein Feigling (es war tatsächlich sogar klug, Widerstand zu leisten; Riley konnte sich selbst nicht vorstellen, mit nichts als ein paar Drähten gesichert, eine Klippe hinunterzusausen) und er liebte nichts mehr, als Anna zu gefallen, vor allem nach den gesundheitlichen Beschwerden, die sie gehabt hatte. Sie waren gut füreinander und Riley war begeistert, dass Anna es geschafft hatte, Bradys lustige Seite wieder zum Vorschein zu bringen – in den vergangenen Jahren hatten Tragödien ihn tief hinuntergezogen, doch in letzter Zeit war der alte Brady wieder am Start.

„Dann schenk uns mal ein Ale ein", rief Riley und setzte sich.

„Du weißt, wo die Zapfhähne sind. Oder warst du so lange weg, dass du das vergessen hast?", grummelte Brady gutmütig und schenkte Riley dennoch einen Pint des schwarzen Zeugs ein.

„Es war nicht so lange", erinnerte Riley ihn. „Nur ein Monat."

„Und wann wird der Rest von uns die Chance kriegen, Urlaub zu nehmen?"

„Wenn ihr Angelegenheiten habt, um die ihr euch zuhause kümmern müsst. Genau dann."

„Oh, Lucy ist eine Angelegenheit?" Sean, Rileys Zwilling, trug eine Kiste Gläser aus der Küche in die Bar. Sie waren keine eineiigen Zwillinge, doch manchmal überraschte es Riley, wie ähnlich Seans Merkmale seinen eigenen waren, bis zu den braunen Augen und den rostroten Streifen in ihrem dunklen Haar. Sie waren in Kontakt geblieben, während er fort war, und Riley wusste, dass sein Zwilling sich nach einer Frau verzehrte – eine ältere Frau obendrein, eine von Seans Professorinnen in der Schule –, aber er sah deshalb nicht mitgenommen aus. „Lass sie bloß nicht hören, dass du sie so nennst", sagte Sean, „oder sie sitzt im nächsten Flieger hierher."

Riley schüttelte den Kopf. „Unwahrscheinlich. Ich habe ihr klar gemacht, dass es endgültig aus ist."

„Sicher", schmunzelte Brady. „Du und Lucy habt euch getrennt und wieder versöhnt, seitdem ihr fünfzehn seid. Es ist nur eine Frage der Zeit, bis du zurück nach Irland oder sie hierher zieht und ihr euch zusammen niederlasst."

„Das ist alles Vergangenheit. Und wir haben schon seit langem keine Exklusivrechte mehr aufeinander", erinnerte ihn Riley.

„Ja, aber sobald sie angedeutet hat, wieder mit dir

zusammenkommen zu wollen, vielleicht sogar für längere Zeit in die USA zu reisen, damit du der Sache nochmal eine Chance gibst, hast du dich nach Irland aufgemacht. Um herauszufinden, ob es das ist, was du möchtest."

„Wenn man sich unsere Vergangenheit ansieht, wollte ich eher sicherstellen, dass es *nicht* das ist, was ich möchte", antwortete Riley. „Das ist ein großer Unterschied. Und sie zu sehen, hat nur bestätigt, dass wir nie füreinander bestimmt waren."

„Aha? Hattest du Sex mit ihr?"

Riley knirschte mit den Zähnen.

„Ich verstehe das mal als Ja."

„Nur einmal, als ich ankam. Gefolgt von neunundzwanzig Tagen, an denen wir *keinen* Sex hatten. Weil es vorbei ist." Er hatte nicht mit Lucy geschlafen, um zu testen, ob er Gefühle für sie hatte – nicht absichtlich. Sie hatten in der Zwischenzeit andere Partner gehabt, doch sie zu sehen, *hatte* definitiv schöne Erinnerungen zurückgebracht. Außerdem war er für zwei Monate auf Entzug gewesen, die längste Zeit, die er je ohne Sex verbracht hatte. Als sie begann, ihn zu küssen und sich an ihm zu reiben …

Zum Teufel, er hatte sich nie als Chorknaben oder Heiligen bezeichnet.

Doch danach – nein, *währenddessen* – hatte er bereits sicher gewusst, dass es allein sein Körper war, der an Lucy interessiert war, und dass er kein Interesse daran hatte, seine Beziehung mit ihr wieder aufzurollen.

„Das hast du schon öfter gesagt."

„Naja, schön. Dieses Mal ist es anders."

„Wie anders?"

Es war anders, weil er während seines gesamten Irlandaufenthaltes nicht aufhören konnte, an eine Frau in Amerika zu denken. Eine, die genau in diesem Restaurant, genau in dieser Bar mit ihm arbeitete. Vor seinem Trip nach Irland hatte er sich selbst eingestanden, dass er sich von ihr angezogen fühlte. Doch er hatte auch akzeptiert, dass er diese Anziehung nicht ausleben durfte, weil sie für ihn und seine Brüder arbeitete. Deshalb waren sie stets nur Freunde gewesen.

Nach seinem Trip nach Irland?

Er interessierte sich einen Scheiß dafür, wer ihr Arbeitgeber war. Es wusste nur, dass er sie wie verrückt vermisst hatte. Er hatte monatelang von ihr geträumt, doch in Irland waren diese Fantasien sowohl sexuell als auch nicht-sexuell gewesen. So sehr er auch davon träumte, mit ihr zu schlafen, träumte er auch von einfachen Interaktionen: mit ihr zu sprechen, mit ihr durch die Weinberge oder am Strand zu spazieren, sie zum Lachen zu bringen.

Nach *diesen* Träumen fühlte er sich am schlechtesten. Leer. Unbefriedigt.

Er erkannte, dass er sich wirklich in sie verknallt hatte.

Trotz ihrer Arbeitgeber/Arbeitnehmer-Beziehung, dem war er sich nun sicher, würde er sie sein machen.

Natürlich würde er seinen Brüdern das nicht erzählen.

„Einfach so", antwortete er lahm.

Doch als Sean ihn ansah, schien er zu spüren, wie sehr Riley meinte, was er sagte, denn er antwortete: „Arme Lucy."

Riley rollte mit den Augen. „Wenn du denkst, dass ich ihr auch nur für eine Minute abkaufe, dass sie während meiner Zeit dort nicht ihren gerechten Anteil an Action erhalten hat, dann bist du am falschen Mann. Ich mag verrückt sein, aber nicht bekloppt. Sie sah kaum wie eine arme, vernachlässigte Frau aus. Tatsächlich hat ihr Handy öfter geklingelt, als ich zählen konnte, und sie hat mich nie sehen lassen, wer geschrieben hat und was." Er nahm einen weiteren Schluck des schwarzen Zeugs und wischte sich dann den Mund mit seinem Handrücken ab. „Ihr geht es gut ohne mich und es wird ihr auch in Zukunft ohne mich gut gehen."

Quinn, Rileys ältester Bruder, betrat das Restaurant aus dem Büro, die Lesebrille auf den Kopf geschoben. Das bedeutete, dass er die Geschäftsbücher durchgesehen hatte. Das Lächeln auf seinem Gesicht sagte Riley, dass sie ein weiteres gutes Vierteljahr hatten, obwohl das keine Überraschung war. Seit dem Tag, an dem sie die Tore geöffnet hatten, waren die Kunden scharenweise in die Taverne gekommen. Manche sagten, es läge an dem Sinn, den die Brüder dafür hatten, die richtigen Ales und Weine auszuwählen, die alle aus lokalen Brauereien stammten. Andere sagten, es läge am erfrischenden, authentischen irischen Spin, den sie der traditionell amerikanischen Pub-Szene verpasst hatten. Die anderen nannten die fünf irischen Besitzer und deuteten auf die Tatsache, dass der

Großteil der Kundschaft weiblichen Geschlechts war.

Die Gründe interessierten Riley nicht, solange sie Geld verdienten, Spaß hatten und seine Lippen nie lange einsam blieben. Und doch *waren* sie einsam geblieben. Für bereits einen Monat. Er hatte nach dem einen Mal nicht nur aufgehört, mit Lucy zu schlafen, sondern hatte sie auch nicht wieder geküsst. Seit fast vier Wochen hatte er *überhaupt keine* Frau geküsst und das musste sich ändern. Und zwar mit der einen Frau, die er wirklich küssen wollte – Erica Underwood, Bartender Kollegin im *The Stylish Irish*.

Quinn zuckte zusammen, als er Riley auf dem Barhocker sitzen sah, mit einem Pint in der Hand. „Oh, du bist zurück."

„Meister des Offensichtlichen, wie immer. Hat sich nicht viel verändert." Riley hob sein Glas zu einem vorgetäuschten Prost. Die vier – Quinn, Brady, Sean und Riley – waren von Kopf bis Fuß Irisch. Wenn man ihren Bruder Conor, der Anfang des Jahres nach San Francisco gezogen war, dazu nahm, hatte man das perfekte Ensemble für einen Irish Whiskey Werbespot beisammen.

„Wie war's?", fragte Quinn, der sich mit einer Flasche Wasser in der Hand an einen der Kühlapparate lehnte.

„Er hat mit Lucy Schluss gemacht. Dieses Mal endgültig", berichtete Sean.

„Auch gut. Sie war eindeutig nicht die Richtige."

Riley zuckte mit den Schultern, unfähig, Quinns Worte anzufechten. „Ich habe Mam und Dad besucht. Ihnen öfter Blumen gebracht." Sie schwiegen – obwohl sie einen Teil der Asche ihrer Mam hier in ihrem Kindheitszuhause in Forestville verstreut hatten, hatten sie den Rest von ihr in Irland bei ihrem Dad gelassen. Ohne gefragt zu werden, schenkte Brady vier Whiskey Shots ein. Sie hoben ihre Gläser und tranken.

„Wie ist die alte Straße so?", frage Sean und stellte sein Glas auf den Tresen.

„Wie immer. Alles ist wie immer. Dort verändert sich nie etwas." Das war eines der tröstenden Dinge, die sie erlebten, wenn sie Dublin einen Besuch abstatteten – alles sah wie immer aus, fühlte sich wie immer an, roch sogar wie immer. Der Geruch des frischen Brotes, der aus der Bäckerei drei Häuser weiter strömte, hatte Riley nostalgisch gemacht.

Gut, dass Quinns Freundin Lilly, die gerade ihr Praktikum in Florida beendete, das sie vom *FoodNetwork* gewonnen hatte, bald ihre Bäckerei eröffnen würde. Derzeit mussten sie ohne den Geruch ihrer Kuchen und Gebäckstücke leben (sie schickte ihnen oft Carepakete, also mussten sie zum Glück nicht auf den Geschmack verzichten), doch die Bäckerei war fertig und wartete auf sie. Als sie das Gebäude renoviert hatten, um *The Stylish Irish* zu eröffnen, hatte Quinn eine Wand durchgeschlagen und ein Drittel des Raumes für Lilly reserviert. Nur einige Säulen trennten die Bäckerei vom Restaurant, wo ein Tresen, einige Schaukästen und weiße Bistrotische und Stühle aus Eisen standen. Wann immer Lilly zu Besuch kam, was oft vorkam, saß sie in einem dieser Stühle und trank eine Tasse Kaffee. Sie hatte noch niemandem verraten, wie sie ihre Bäckerei nennen würde, doch da sie dabei geholfen hatte, den Namen *The Stylish Irish* zu entwickeln, vermutete Riley, dass der Name ihrer Bäckerei ebenso cool sein würde.

In ihr hatte sein Bruder wirklich jemanden gefunden, den es festzuhalten galt. Lilly war wie eine goldene Statuette, voller Güte und Anmut. Riley war sich sicher: Sobald sie sich eingerichtet hatte und sich der Duft ihrer Köstlichkeiten in der Luft ausbreiten würde, wäre es noch unmissverständlicher, dass er genau hierher gehörte – in dieses Land, in diese kleine Stadt.

„Wie läuft das Geschäft?"

„Gut", sagte Brady.

„Die Mädels hier haben dich vermisst", witzelte Sean.

„Ja?", sagte er und würde zu gerne wissen, ob ein Mädchen im Besonderen ihn vermisst hatte. Doch natürlich tat er das nicht, schließlich hatte er niemanden von seinen wachsenden Gefühlen für Erica erzählt. Er wollte gerade aufstehen und im Büro hinten nachsehen, wann Erica das nächste Mal kommen würde, als die Küchentür aufging und ein Mädchen mit honigblondem Haar und gesenktem Kopf hineinkam, eine Million Entschuldigungen von sich gebend. „Es tut mir leid, ich bin spät, das doofe Auto ist wieder nicht angesprungen, wir brauchen ein paar richtig gute Nächte, damit ich mir die Anzahlung für einen neuen Wagen leisten kann, außer jemand von euch fühlt sich gerade danach, mir eine Gehaltserhöhung zu geben, was mich absolut nicht stören würde …"

Er starrte sie an. Wer war sie? War sie eine Neueinstellung?

Dann sah sie ihn an.

„Erica?", fragte er.

Sie erstarrte wie ein Reh im Scheinwerferlicht, während sie sich gerade eine Schürze um die schlanke Taille band. „Ach du meine Güte. Riley! Willkommen zurück."

Er schüttelte sich. „Du hast eine neue Haarfarbe. Warum?" Als er gegangen war, war ihr nun goldenes Haar platinblond mit einigen rosa Strähnen gewesen.

Sie hielt nach ihren Brüdern Ausschau, die sich plötzlich in alle Richtungen verteilten – Quinn zurück ins Büro, Brady in die Küche, Sean, um als Vorbereitung für den Abendandrang die Stühle von den Tischen zu nehmen.

„Hmm? Oh, ich weiß nicht. Ich hatte den alten Look satt. Gefällt es dir nicht?" Sie betastete verlegen ihr Haar.

„Im Gegenteil. Ich finde, es steht dir besser." Er neigte seinen Kopf zur Seite. „Ist das deine natürliche Haarfarbe?"

Sie öffnete den Mund und schloss ihn dann wieder. Ihr Gesicht wurde tiefrot. „Ich kann mich nicht erinnern."

Riley musste lachen und sie lachte mit.

„Es ist sehr hübsch", sagte er ziemlich wahrheitsgemäß, obwohl sie auch mit ihrer anderen Haarfarbe hübsch gewesen war.

„Wie war Irland?", fragte sie, während sie begann, die Kasse hinter der Bar zu zählen. Sie wandte ihm den Rücken zu und er erhaschte einen Blick auf ihren Po. Der war zumindest noch derselbe, fest und voll.

„Hm? Oh, Irland. Gut. Unverändert."

„Hast du erledigt, was auch immer du erledigen wolltest?"

„Aye. Ist alles geregelt."

„Das ist gut. Ich weiß, dass die Jungs froh sind, dass du wieder da bist." Sie lächelte ihm durch den Spiegel an der Wand hinter der Kasse zu. Er lächelte zurück.

„Wie ist es dir ergangen?", fragte er. „Was macht die Schule?"

„Großartig. Richtig gut. Alles ist auf dem Weg nach oben." Sie lächelte sich selbst an, ihr Gesicht noch immer reflektiert. Riley fragte sich, was das Lächeln bedeuten sollte. Sie sah aus wie ein Mädchen, das ein Geheimnis versteckte.

„Ja? Gut. Ein hübsches Mädchen verdient die guten Dinge im Leben." Er sah, wie ihre Wangen sich leicht rosa färbten. Sie biss sich auf die Lippe und drehte sich dann zu ihm.

„Denkst du? Vielleicht kannst du mir dann einen neuen Wagen kaufen? Die Blechkiste da draußen muss weg." Sie stapelte Gläser hinter der Bar und machte sich für den Ansturm bereit.

„Du könntest mit mir fahren."

Sie verfehlte ein Glas und fing es gerade auf, bevor es auf den Boden traf.

„Gut gehalten", bemerkte er und verkniff sich ein Lachen aufgrund ihrer Verwirrung.

„Danke", murmelte sie, den Blick nach unten

gerichtet.

Es war nichts Neues, dass sie seinem Blick auswich. Dadurch hatte er bemerkt, dass sie sich von ihm genauso sehr angezogen fühlte wie er von ihr. In seltsamen Momenten wurde sie plötzlich ruhig. Manchmal erwischte er sie dabei, wie sie ihn ansah, doch sie sah weg, sobald sich ihre Blicke trafen. Oder sie brachte keinen Ton heraus.

„Wie gesagt, du solltest mich anrufen, wenn du das nächste Mal Ärger hast. Ich kann dich gerne abholen und wieder nach Hause bringen."

„Oh, würdest du, hm?" Sie lehnte sich in seine Richtung, die Ellbogen auf dem Tresen. „Was ist los mit dir?", fragte sie.

„Hm?"

„Warum verhältst du dich auf einmal so?"

„Wie? Ich dachte, wir wären Freunde. Freunde bieten sich gegenseitig Mitfahrgelegenheiten an."

„Richtig." Ihre Augen wurden schmal, forderten ihn heraus. Sie war scharfsinnig, kein Zweifel. Er wollte das Spiel gerade auflösen und zum Kern der Sache kommen – zugeben, dass er sie wollte und hoffte, sich abends nach der Arbeit mal mit ihr treffen zu können –, als sich die Tür hinter ihm öffnete und Ericas Augen aufleuchteten.

„Hey", strahlte sie.

Er sah durch den Spiegel, wie ein Mann in seinem Alter hereinkam. Er war groß und bullig und sah wie ein Rugbyspieler oder eine andere Art von Athlet aus.

Riley hätte schwören können, Sean in der Ecke des

Raumes kichern zu hören. Er rutschte vom Stuhl und ging zu seinem Bruder, während Erica mit ihrem Freund plauderte.

„Wer ist das?", fragte Riley Sean und beäugte den Fremden.

„Oh, Rob?" Sean sah zur Seite, doch Riley hörte das Lächeln in seiner Stimme. Er ging in die Küche und Riley folgte ihm.

„Okay, sein Name ist Rob. Wer ist er?"

Brady sah von der Küchentheke auf, wo er den Köchen dabei half, die Kartoffeln zum Anbraten zu schneiden. „Oh, du hast Rob getroffen?", fragte er.

„*Aye*", spottete Sean. „Direkt nachdem er sich an unsere Erica da draußen rangemacht hatte."

„Hast du? Tss!", sagte Brady. „Ich hab dich schon mal zusammengeschissen, was das Flirten mit Angestellten anbelangt. Du weißt, dass du das nicht tun solltest, doch bei den gegebenen Umständen – nochmal gutgegangen."

„Warum? Was habe ich verpasst?" Er hasste, dass sie sich über ihn lustig machten.

„Erica und Rob gehen miteinander aus, seitdem du nach Irland gegangen bist", sagte Brady. „Er kommt jeden Abend."

Verdammt.

„Es ist besser so, Kumpel", warnte Quinn, der plötzlich aus dem Nichts erschien. „Du kennst unsere Vereinbarung. Hände weg von der Belegschaft."

Riley rollte mit den Augen, nickte und drehte sich dann zurück zur Tür. Er schielte durch das kleine Fenster zu Erica und Rob, seine Stirn in Gedankenfalten.

Hände weg von der Belegschaft?

Fuck. Er wollte seine Hände schon seit einer gefühlten Ewigkeit an Erica anlegen. Und als Ergebnis hatte er die meiste Zeit damit verbracht, seine Hand an seiner *eigenen* Belegschaft anzulegen.

Er konnte den Gedanken nicht ertragen, dass er voll im Arsch war.

Dass er, weil er mit seinem Schritt zu lange gewartet hatte, möglicherweise die Chance verpasst hatte, Erica besser kennenzulernen.

Im Bett und auch außerhalb.

KAPITEL ZWEI

Erica lächelte Rob zu, doch sie konnte nicht anders, als zu bemerken, wie Riley sich in die Küche zurückzog. Was hatte er in dem Moment sagen wollen, als Rob hereingekommen war?

„Hallo?", fragte Rob und wedelte mit der Hand vor ihrem Gesicht hin und her.

Sie lächelte. „Sorry. Ich bin total überspannt. Es war ein seltsamer Nachmittag."

„Seltsam? Warum?" Er war so süß, so fürsorglich. Wenn er sie vor einem Tag, vielleicht sogar vor zwölf Stunden, so angesehen hätte – mit seinem geneigten Kopf und dem lieben, neugierigen Lächeln –, dann wäre sie dahingeschmolzen. Sie hätten einen Mopp gebraucht, um sie vom Boden wegzuwischen. Doch jetzt, da Riley zurück war …

Sie zwang ihren Fokus auf Rob. So viel verdiente er. „Oh, mein Auto ist nicht angesprungen, bis zum, keine Ahnung, zehnten Versuch. Ich weiß, dass er nicht mehr lange durchhalten wird. Ich bin total hinten dran mit der Prüfungsvorbereitung und ich kann nicht freinehmen, weil ich das Geld für einen neuen Wagen brauche. Ich weiß einfach, dass dieses dumme Stück Schrott eines Nachts den Geist aufgeben wird." Sie schauderte bei dem Gedanken, auf dem Nachhauseweg von der Arbeit um zwei oder drei Uhr morgens liegenzubleiben.

„Frag zumindest, ob du früher gehen kannst. Du brauchst Zeit zum Lernen. Außerdem", er lächelte, „wenn du jemals eine Mitfahrgelegenheit brauchst, kann ich dich abholen."

Etwas fehlte bei diesem Angebot – etwas, das sie in Rileys Stimme gehört hatte und in Robs vermisste. Seine großen, braunen Augen waren so aufrichtig. Das war zwar schön, aber da war kein Glitzern, das mehr versprach, als seine Worte preisgaben. Sie fühlte nicht die Röte, die von Kopf bis Fuß umherwanderte, wenn Riley sie mit seinen goldbraunen Augen ansah und geschmeidige Anspielungen machte.

Verdammt, dachte sie. Warum musste er nach Hause kommen und alles kaputt machen?

„Danke." Sie lehnte sich über die Bar, um Rob einen kurzen Kuss zu geben, und entfernte sich dann schnell von ihm, als sie sah, dass die Küchentür aufging und die O'Neill Jungs hereinkamen.

„Wie geht's, Rob?" Brady trat hinter die Bar und schüttelte ihm die Hand.

„Nicht schlecht. Und selbst?"

„Das Leben ist herrlich", sagte er und seine Brüder

stöhnten – Erica wusste, dass sie es nur aus Prinzip taten. Sie konnten nicht glücklicher sein, dass Brady über beide Ohren verliebt war.

„Kommt Anna heute Abend vorbei?", frage Sean.

„Genau genommen werde ich früher gehen und mich mit ihr treffen."

„Oha. Das wird zur Gewohnheit. Ihr Jungs geht alle früher, um euch mit euren Freundinnen zu treffen", neckte Erica.

„Wenn die Dinge so laufen, wie ich sie plane, wird Lilly bald nicht mehr meine Freundin, sondern meine Verlobte sein", sagte Quinn.

„Es wird schon hinhauen", sagte sie. „Sie wäre eine Närrin, dir einen Korb zu gehen, Quinn, und sie ist keine Närrin." Sie lächelte Riley zu und versuchte, ihn ins Gespräch einzubinden, doch er verwehrte sich. Bildete sie sich das ein oder schmollte er tatsächlich? Und worüber? Er war doch gerade erst nach Hause gekommen.

Erica machte sich hinter der Bar bereit, überprüfte den Vorrat an Flaschenbier, während sie sich selbst daran erinnerte, was für ein komischer Vogel Riley sein konnte. Er hatte eine lebhafte Persönlichkeit – in einem Moment war er Mister Sorglos, in der nächsten Sekunde mucksmäuschenstill. Und stets überkam sie die Versuchung, ihn zu „reparieren", wenn er grübelte, und seine glücklichere Seite zum Vorschein zu bringen.

Wie viele Mädchen kannte sie, die ihre Freunde reparieren wollten? Sie hatte diese Rolle nie übernehmen wollen. Als Rob sie, nachdem sie die ersten Wochen des

Semesters nur geflirtet hatten, ausgefragt hatte, hatte sie die Chance sofort ergriffen. Riley war gerade erst weg gewesen und sie wollte ihn vergessen.

Das hatte sie, offensichtlich, nicht. Sie bemerkte, wie Rob zu einem Schatten wurde, wenn Riley in der Nähe war. Rob war ein süßer Typ – attraktiv, mit dem Körper eines Football Spielers und dem Gehirn eines Business-Studenten –, doch neben Riley war er nichts Besonderes.

Leider, trotz seines Flirtens, hatte Riley ihr ebenfalls klar gezeigt, dass *sie* für *ihn* nichts Besonderes war.

Erica drehte sich absichtlich von Riley weg hin zu Rob.

„Und, wie war dein Tag?"

* * *

Als sie den Job im *The Stylish Irish* angenommen hatte, war Erica ahnungslos gewesen, wo sie hineingeraten war. Sie war selbstkritisch genug gewesen, sich um ihre vollständig fehlende Bar-Erfahrung zu sorgen und um die Tatsache, dass sie selbst nicht wirklich eine Trinkerin war. Als sie den Job begann, wusste sie nicht nur nicht, wie man Drinks mixte – sie kannte nicht einmal die Namen der bekanntesten Cocktails.

Doch etwas an ihr hatte den Eigentümern des Pubs eindeutig gefallen, denn sie wurde eingestellt. Was war es? Sie hatte keine Vorstellung. Sie war nicht außergewöhnlich gutaussehend oder auffällig. Sie kleidete sich nicht sexy auf die Art, wie sich andere Bartender anzogen. Zum Glück hatte das keinen Einfluss auf ihre Trinkgelder. Der Pub zog eine niveauvollere Kundschaft an, die guten Service zu schätzen wussten. Sie musste sich nie Sorgen machen.

Trotzdem, die ersten Wochen waren eine echte Feuerprobe gewesen. Sie hatte mehr Gläser zerbrochen, als sie sich erinnern wollte. Riley hatte witzelnd gedroht, ihr die Kosten vom Gehalt abzuziehen. Er hatte es nie getan.

Wenn man sein wunderschönes Gesicht und seinen verdammt heißen Body mal beiseiteließ, war es sein neckender Sinn für Humor, von dem sie sich ursprünglich angezogen gefühlt hatte. Er schien immer zu lachen, zuerst über sich selbst, dann über das Leben. Er nahm nichts zu ernst – so erschien es ihr zumindest am Anfang. Im Laufe der Zeit hatte sie realisiert, dass er das Gesicht, das er dem Rest der Welt zeigte, sorgfältig konstruierte. Er ließ niemanden zu nahe an sich heran, ließ niemanden zu tief in sein Herz. Also spielte er Mister Sorglos.

Er war mit Leichtigkeit der charmanteste seiner Brüder. Und das hieß etwas, wenn man bedachte, dass die anderen vier Charme en masse hatten. Er hatte ein teuflisches Grinsen, das sie von innen zum Schmelzen zu bringen schien. Sie hatte gewusst, dass sie sich nicht in ihn hätte verlieben sollen, doch es war unausweichlich gewesen. Als er bei ihrer ersten Begegnung gelächelt und Hallo gesagt hatte, war es um sie geschehen gewesen.

Sie standen sich definitiv näher als Chef und Angestellte. Er hatte ihr Fragen gestellt und sich ihre Antworten angehört. Sie hatte ihm alles über ihre

Business-Seminare erzählt, während er ihr von Irland und seinen Sorgen über das Geschäft erzählt hatte – vor allem über die Angst, als Mogelpackung in einer Stadt voller etablierter Pubs und Restaurants rauszukommen. Dem Rest der Welt hätte er seine Zweifel jedoch nie gezeigt. Sie hatte sich so besonders gefühlt, als er sich ihr gegenüber zum ersten Mal geöffnet hatte.

Sie hatte schnell bemerkt, dass er sie als Freundin oder vielleicht Schwester betrachtete. Nichts weiter. Das für sich war eine Ehre, bedachte man, dass sich die O'Neill Brüder so nahe standen. Zu wissen, zumindest ein klein bisschen Respekt und Bewunderung verdient zu haben, bedeutete unglaublich viel. Es gab Zeiten, in denen sie sich wirklich als Teil der Familie fühlte, zum Beispiel wenn sie zusammen abschlossen und über die Eskapaden der Nacht lachten, allesamt müde und glücklich. Stolz, als hätten sie etwas erreicht.

Sie wusste auch, dass sie sie bis zum letzten Atemzug verteidigen würden. Den Kunden glücklich zu machen, war stets höchste Priorität, doch wehe dem, der glaubte, Erica betatschen zu können. Mehr als einmal hatten sie einen betrunkenen, widerlichen Ekel ohne zu zögern herausgeworfen – und das nur, weil sie darum gebeten hatte. Es wurden auch keine Fragen gestellt. Sie vertrauten ihrem Urteil.

Wie konnte sie es nicht lieben, für sie zu arbeiten? Sie hatte sich einen fantastischen Job geangelt, als sie die Anzeige in der Zeitung beantwortet hatte.

Wer setzte heute noch Anzeigen in die Zeitung? Das

allein war genug gewesen, um sie zu faszinieren. Sie anzurufen, war ein guter Schachzug von ihr gewesen.

Sicher hatte sie einst auf mehr gehofft. Als sie Riley zum ersten Mal gesehen hatte, hatte sie davon geträumt, wie er sich vollkommen in sie verlieben würde und sie zusammen glücklich werden würden.

Natürlich war das zu viel verlangt, doch selbst wenn sie und Riley nur Freunde bleiben würden, war sie doch dankbar, ihn in ihrem Leben zu haben.

* * *

„Zwei Gezapfte, bitte, Liebes", grinste Sean.

„Pass auf, wen du hier ‚Liebes' nennst", witzelte Rob.

Zumindest dachte Erica, dass er Witze machte. Er klang, als würde er. Doch er sah nicht komplett amüsiert aus. Er sah eifersüchtig aus.

„*Liebling*", sagte Erica und grinste Rob zu. „Sean unterschreibt meine Schecks. Er kann mich nahezu alles nennen, was er möchte." Sie hielt Sean mit ihrem Blick fest. „Fast."

„Nichts für ungut", sagte Sean und grinste Rob an, bevor er die Biere an den Tisch brachte.

„Ich mag nicht, wie sie hier mit dir sprechen", grummelte Rob.

„Was meinst du?"

„Dich ‚Liebling' und ‚Liebes" und all das zu nennen. Ich bin mir sicher, das funktioniert in Irland, aber nicht hier."

„Rob, das bedeutet nichts. Das sind alles gute Kerle. Du bist oft genug hier, um das zu wissen. Das hat keinen negativen Beigeschmack. Glaub mir, ich habe schon Schlimmeres gehört – nicht von ihnen, sondern von Gästen. Und die Jungs stellen sicher, dass diese Gäste nie wieder kommen."

„Lass dich nicht so einfach täuschen", riet ihr Rob in scheinheiligem Ton, den Erica schnell satt hatte. „Nur weil sie dich beschützen, gibt ihnen das noch lange nicht das Recht, dich zu nennen, wie sie wollen."

Wenn Leute ein Seminar in Frauenforschung nehmen und denken, sie seien Experten …

„Du hast recht. *Ich* bin die einzige, die ihnen die Erlaubnis geben kann, mich zu nennen, wie sie wollen. Und ich denke, es ist okay, mir kleine Kosenamen zu geben. Es ist süß. Es stört mich nicht. Ich mag es."

„*Ich* mag es nicht."

„Dann solltest du vielleicht nicht jedes Mal kommen, wenn ich arbeite – dann würdest du es nicht hören." Eine eisige Stille machte sich zwischen ihnen breit. In der Vergangenheit hätte sie nicht mit ihm gestritten. Was war plötzlich anders? Sie dachte für gewöhnlich, dass seine Besitzgier irgendwie niedlich war. Nun ärgerte es sie unglaublich.

„Willst du mich nicht hier haben?", fragte Rob. Die Angriffslust war aus seiner Stimme verschwunden.

„Das habe ich nicht gesagt. Ich will dich nicht hier haben, wenn dich stört, wie sie mit mir reden. Es stört mich nicht, also sage ich ihnen nicht, dass sie aufhören sollen. Und wenn du mich dazu bringen willst, solltest du vielleicht die Weise überdenken, wie du über mich denkst. Verstehst du, was ich zu sagen versuche?"

Sie ließ ihn für eine Minute allein, um sich um zwei Rechnungen zu kümmern. Als sie zurückkam, hatte er einen verständnisvolleren Ausdruck auf dem Gesicht.

„Ich habe mich blöd verhalten", sagte er und sah beschämt aus. „Hier sitze ich und versuche, dich zu verteidigen, und klinge dabei wie ein patriarchalisches Schwein."

Erica widerstand dem Wunsch, mit den Augen zu rollen. „Das ist die Quintessenz, ja. Genauso hast du dich angehört."

„Mann, was für ein Arschloch. Ich hasse solche Kerle. Es tut mir leid."

Sie lächelte und sagte ihm, dass alles okay wäre. Doch in ihrem Inneren brodelte sie, ohne zu wissen, warum. Was störte sie plötzlich so sehr an ihm? Warum wirkte alles, was er sagte, anmaßend? Als würde er aus einem feministischen Handbuch rezitieren.

Was hatte sich verändert?

Sie drehte sich um und seufzte – sie wusste genau, was sich verändert hatte.

Sie hatte gedacht, Riley wäre für immer aus ihrem Herzen verschwunden. Sie war sich sicher gewesen, richtig?

Er war gegangen. Sie hatte angefangen, sich mit Rob zu treffen. Ende der Geschichte. Riley würde weiterziehen – nicht, dass er einen Grund hatte, da sie nie tatsächlich zusammen gewesen waren. Sie hatten sich nicht einmal geküsst, hatten nie einen gemeinsamen Moment, der möglicherweise zu einem Kuss hätte führen können. Sie waren praktisch Geschwister.

Also, wie hatte er es geschafft, sie für andere Männer zu ruinieren? Selbst Männer, die alles in ihrer Macht stehende unternahmen, um sie glücklich zu machen. So wie Rob. Warum war Rob nicht gut genug, wenn er einen Tag zuvor mehr als gut genug gewesen war?

Verdammter Riley, dachte sie und schenkte einem Gast einen Drink ein, von dem sie wünschte, ihn selbst trinken zu können.

KAPITEL DREI

„Sieh mal an, wer da ist! Einer der O'Neill Jungs!" Riley grinste dem Besitzer des *The Twisted Cork* zu, einer kleinen Bar nur einen Block vom *The Stylish Irish* entfernt.

„Ich dachte, du seiest in Irland", sagte Pete Flaherty und winkte Riley zu einem Barhocker. Wie der Pub war auch der Cork erst dabei, sich langsam für den Abend zu füllen, und es war noch verhalten.

„Erst gestern zurückgekommen."

„Und du bist hier anstatt in deinem eigenen Restaurant? Eine Schande." Pete schnalzte mit der Zunge und Riley schmunzelte.

„Muss doch die Konkurrenz im Auge behalten, weißt du doch." Riley hob sein Glas in die Luft, das praktischerweise in seine Richtung geschoben worden war, als er sich hingesetzt hatte.

„Wie war's in der alten Heimat? Es ist schon weiß Gott wie viele Jahrzehnte her, seitdem ich das letzte Mal

einen Fuß auf die smaragdgrünen Küsten gesetzt habe."
Der ältere Mann seufzte schwermütig.

„Wunderschön wie immer und ziemlich regnerisch
wie immer." Riley zwinkerte.

„Aye, das klingt richtig. Es ist ein Trost zu wissen,
dass sich nicht viel verändert hat."

„Du verpasst nicht allzu viel, obwohl ich nicht
verstehe, warum du nicht selbst hinfliegst. Und wenn nur
für einen kurzen Urlaub. Du redest immer davon, wie
gerne du gehen würdest."

„Ich weiß, ich weiß. Es scheint, als käme immer etwas
dazwischen."

„Hör auf mit deinen Ausreden, sonst hast du bald
keine mehr übrig."

„Solch Weisheit in diesem Alter. Du tust also immer,
was du willst, hm? Ohne Angst vor dem Echo?"

Riley starrte auf seinen Drink. „Nicht immer. Und das
bereue ich, Pete."

„Ah. Man sieht's – du siehst deprimiert aus. Bist du
deshalb hier? Um außer Sichtweite deiner Brüder
niedergeschlagen zu sein?"

Riley hob den Drink und nahm einen tiefen Schluck.
„Ich brauche nur einen Tapetenwechsel, das ist alles,
Pete."

„Daran ist nichts auszusetzen. Und wie läuft das
Geschäft?"

„Das würdest du selbst wissen, wenn du jemals einen
Fuß in unser Restaurant setzen würdest."

Pete fuhr mit der Hand durch sein schneeweißes Haar

und kicherte. „Ich habe mehr als genug zu tun hier. Außerdem habe ich bereits ein, zwei Mal einen Blick nach innen geworfen."

„Dann weißt du ja, dass das Geschäft so gut wie immer läuft. Ohne dir das Geschäft wegzunehmen, hoffe ich doch."

Pete füllte zwei weitere Gläser für neue Gäste. „Überhaupt nicht. Das ist die Schönheit verschiedener Fachgebiete." Er zeigte auf die Wand hinter sich, wo fünf Dutzend Weinflaschen auf dem Regal standen. Er befasste sich hauptsächlich mit Wein, während *The Stylish Irish* größtenteils Biere und Whiskey verkaufte.

„Riley!", rief eine Frau hinter ihm.

Er drehte sich um und grinste den wunderschönen Rotschopf an.

„Willkommen zurück", sagte Shannon, Petes Tochter.

Der alte Mann hatte ziemlich lange gewartet, um sich niederzulassen, und Shannon war etwa in Rileys Alter. Wenn ihr Vater in der Nähe war, war sie ruhig und distanziert, hielt nur kurz an, um Hallo zu sagen, bevor sie ein Tablett mit Getränken zu einem Tisch trug. Um ihres Vaters Willen hielt er seine Augen von ihrem Po fern, während sie den Raum durchquerte.

Es hatte etwas für sich, ein freier Mann zu sein. Und den Blicken nach zu urteilen, die Shannon ihm zuwarf, schien es, als müsste er nicht allzu lange allein bleiben. Etwas in ihm war extrem zufrieden bei dem Gedanken, vor allem weil er noch immer etwas gekränkt war, nachdem er gestern Erica mit ihrem Freund gesehen hatte.

Freund. Ha! Der Typ sah aus wie ein arschzeigender Loser mit Hundeblick, der ihr folgte wie ein liebeskrankes Tier. Sie brauchte keinen Mann wie ihn. Sie brauchte einen Mann mit Energie, Vitalität – jemanden, der ihr den Boden unter den Füßen wegreißen und sie außer Atem bringen konnte. Jemanden wie *ihn*.

Sein Kiefer verkrampfte sich und er verfluchte sich selbst, weil er sie noch immer um ein Date bitten wollte. Sie war die Komplikationen nicht wert, sich mit Rob um sie zu prügeln. Riley würde diesen Trottel nur demütigen und dabei vermutlich seinen Bartender verlieren. Sie war ein guter Bartender. Seine Brüder mochten sie alle. Wenn sie ginge, wäre es seine Schuld, weil er durch seinen Streit mit ihrem Freund für Ärger gesorgt hätte. Sie würden ihm das ewig vorhalten.

Nein, es war das Beste, sie sich selbst zu überlassen und sich dem süßen, kleinen Rotschopf zu widmen, der ihn wie Dessert ansah. Zumindest redete er sich das ein.

„Ich muss zurück ins Büro. Ich bin froh, dass du vorbeigekommen bist. Grüß deine Brüder von mir", sagte Pete und schüttelte Rileys Hand. „Schön, dass du wieder zuhause bist."

„Schön, wieder zuhause zu sein", antwortete Riley ehrlich.

Sobald Pete in die Küche gegangen war, tauchte Shannon in der Bar auf. „Also, Irland war schön, ja?", fragte Shannon und imitierte den Akzent ihres Vaters. Nach dreißig Jahren hatte er ihn noch immer nicht ganz verloren.

„‚twas", antwortete Riley und brachte sie zum Kichern.

„Ich bin froh, dass du zurück bist. Es ist so langweilig hier, wenn du nicht da bist."

„Bitte. Als hättest du nicht jede Woche eine Million Kerle hier drin. Du musst dir nur einen aussuchen, Miss Shannon Flaherty."

„Nicht dasselbe, Mr. Riley O'Neill. Und das weißt du. Außerdem würde mir mein Vater den Kopf abreißen, wenn er wüsste, dass ich mich auf Kerle einlasse."

Riley nickte weise, wusste, wie religiös Pete war. Obwohl er ein Mann von Welt war und ein Unternehmen führte, wo sich ständig Menschen trafen, würde Pete seiner Tochter nie erlauben, sich mit Männern ‚herumzutreiben'.

Shannon hatte einige Minuten Zeit und Riley erzählte ihr Geschichten von seinen Freunden zuhause. Sie war noch nie in Irland gewesen, doch hatte seit dem Tag ihrer Geburt alles darüber gehört. Ihr Vater würde es immer als Zuhause bezeichnen. Riley gab ihr gerne eine aktuellere Sichtweise auf das Land.

„Wenn du das nächste Mal fliegst, möchtest du vielleicht Gesellschaft", deutete Shannon an.

Riley ignorierte den Wink – es war immer so zwischen ihnen: Sie wedelte mit dem Zaunpfahl und er ignorierte sie. Nicht nur ihr Kopf war in Gefahr, wenn Pete sie je zusammen erwischen würde. Pete lachte mit Riley über die Aufmerksamkeit, die er von den Frauen bekam, doch er würde seine Tochter nie als eine dieser Frauen akzeptieren.

„Du solltest eines Tages wirklich gehen", sagte Riley.

„Finde heraus, wo deine Familie herkommt."

„Ich würde lieber mit dir gehen. Und die Insider Tour bekommen." Das Mädchen war stur.

Er lächelte weich.

„Wir werden sehen", sagte er und war froh, als sie von einem Gast gerufen wurde.

Sie hatte ihn an etwas sehr Wichtiges erinnert, worüber er dankbar war. Frauen waren komplizierte Geschöpfe und versuchten oftmals, ohne es selbst zu realisieren, einen Mann in die Falle zu locken, wenn er es am wenigsten erwartete. Sie zogen eine Show ab, köderten einen Trottel in ihr Netz, bevor sie ihn attackierten. Meistens sah der Idiot es nicht einmal kommen. Er dachte, er hätte die Kontrolle, während es eigentlich die Frau war, die die Hosen anhatte.

Ihm persönlich war das noch nie passiert. Doch seine Freunde und Brüder waren alle, einer nach dem anderen, eingefangen geworden. Quinn hatte sich an jenem Tag in Lilly verliebt, an dem er im letzten Herbst in Amerika angekommen war. Danach hatte Conor Madlyn kennengelernt und war nach einer stürmischen Romanze mit ihr zusammengezogen. Brady und Anna waren so verliebt, dass es lächerlich war. Sogar Sean hatte sich in seine Englischprofessorin verguckt. Zugegeben, er war noch keine Beziehung mit ihr eingegangen, doch Riley wusste, dass dies früher oder später passieren würde, wenn sein Bruder sich durchsetzen würde; der Kerl setzte auf die Zeit, wenn sein Seminar bei Professor Juliana Madison vorüber war.

Riley hob sein Glas zum Toast auf seine abwesenden

Brüder. Er verehrte Lilly, Maddie und Anna und wäre vermutlich verrückt nach Seans Juliana. Doch es war nichts für ihn. Dass Erica sich in seiner Abwesenheit mit Rob zusammengetan hatte, war wie ein Weckruf. Riley hatte gedacht, dass etwas Besonderes zwischen ihnen in der Entstehung war, doch anscheinend hatte er falsch gelegen.

„Heute Abend schon was vor?", fragte Shannon mit einem wissenden Grinsen auf dem Gesicht.

Er überlegte, hatte am Ende aber zu viel Respekt vor Pete und zu wenig Interesse an Shannon, um darauf einzugehen. Außerdem, trotz der strengen Konversation, die er einige Sekunden zuvor mit sich selbst geführt hatte, konnte er ein anderes Gesicht, das sich fest in ihm festgesetzt hatte, nicht aus dem Kopf kriegen. Ein Gesicht mit einer Wolke aus honigblondem Haar.

„Ich bin erledigt", sagte er ehrlich. „Jetlag. Ich bin gerade niemandem ein Nutzen." Er packte genug Andeutungen in seine Stimme, um klarzumachen, was er wirklich meinte.

„Verstanden", sagte sie und zuckte mit den Schultern. Einsatzfreudig war sie, das ließ sich nicht leugnen. „Vielleicht nächstes Mal." Sie eilte davon, der Andrang wurde von Minute zu Minute größer.

Ja. Vielleicht nächstes Mal.

Er ging und lief Richtung *The Stylish Irish*. Die frische, saubere Nachtluft roch leicht nach verbranntem Laub. Vielleicht eine Feuerstelle im Hinterhof eines der nahestehenden Häuser. Sie hatten alle solche Sachen hinterm Haus, Feuerstellen und Pools und so weiter. So ganz anders als Dublin – und nach seinem Besuch dort schien der Unterschied noch größer zu sein.

Er spähte zum Parkplatz, als er beim Restaurant ankam, darauf vorbereitet, vorbeizugehen und zu seinem Häuschen anderthalb Kilometer die Straße entlang weiterzugehen, doch die Abwesenheit von Ericas Auto gab ihm zu denken. Er drückte sich durch die Hintertür in die Küche.

„Hey, was ist los?", sagte Brady als er ihn sah. „Ich dachte du nimmst heute frei, bevor du wieder anfängst."

„Tue ich auch. Hab den Tagen mit schlafen und auspacken verbracht und bin dann rüber, um Pete Hallo zu sagen", erklärte er. „Ist Erica da? Sie erwähnte, dass sie Probleme mit dem Wagen hätte, und ich habe gesehen, dass ihr Auto nicht auf dem Parkplatz ist. Ich habe ihr angeboten, sie zu fahren, wenn nötig."

„Ihr Wagen funktioniert, soweit ich weiß. Sie war vorhin hier, ist aber früher nach Hause gegangen. Irgendwas von wegen lernen für eine Prüfung." Brady zuckte mit den Schultern und wendete sich wieder seiner Arbeit zu.

Sie war also zum Lernen nach Hause gegangen. Würde sie alleine sein?

Nicht lange, wenn er etwas zu sagen hätte. Auch wenn ihm sein gesunder Menschenverstand sagte, sie in Ruhe zu lassen, dass ihre Beziehung mit Rob ein Zeichen für ihn darstellte, den Rückzug anzutreten, konnte er der Versuchung, sie zu sehen, nicht widerstehen.

KAPITEL VIER

Erica rieb sich die Augen und erinnerte sich daran, wie wichtig es war, dass sie sich konzentrierte, wenn sie ihr Business Law Examen bestehen wollte. Ihr Gehirn war zu träge, ihre Augen zu müde. Es war noch nicht einmal Mitternacht und sie war bereit, Feierabend zu machen.

Sie hatte nicht danach gefragt, früher gehen zu können. Rob war vorbeigekommen, um sie zu sehen, und bevor sie wusste, was geschah, hatte er gefragt, ob sie früher gehen könne.

„Sie hat morgen eine wichtige Prüfung", hatte er Quinn erklärt.

Sie hatte vor Scham sterben wollen.

„Ich habe ihn nicht darum gebeten zu fragen", beharrte sie.

„Hat sie nicht und würde sie auch nie", hatte Rob bestätigt. „Doch sie braucht die Zeit. Sie ist erschöpft."

Quinn hatte sich liebenswürdigerweise einverstanden erklärt – er war ein guter Kerl. Sie waren allesamt gute

Kerle. Doch Rob irritierte sie. Sie brauchte ihn nicht, um für sie einzutreten. Er besaß sie nicht.

Sie schauderte bei der Erinnerung und legte sich bäuchlings aufs Bett.

Rob wollte immer der Held sein, auf sie aufpassen, für sie sprechen. In kleinen Dosen war das wundervoll. Doch Rob gab ihr keine kleinen Portionen. Er bestand darauf, ihr seine Heldentaten in den Hals zu schieben, weit mehr, als normal war.

Spürte er etwas? Eine Veränderung in ihr vielleicht? Konnten Tiere nicht ihre Rivalen in der Wildnis wahrnehmen? Sie konnten es riechen, nicht wahr? Die Anwesenheit eines Alpha-Tieres? Lag es an Rileys Rückkehr? Sie war sich sicher, dass Rob zuvor nicht so unausstehlich gewesen war.

In ihrem Herzen hatte sie immer gewusst, dass sie Rob mehr mögen sollte, als sie es tat. Sie hätte vibrieren sollen, wenn er den Raum betrat. Sie hätte in Ohnmacht fallen sollen, wenn er für sie eintrat – anstatt genervt zu sein. Hätte sie.

Tat sie aber nicht.

Doch sie hatte sich flatterig gefühlt, als sie Riley zum ersten Mal gesehen hatte. Wenn sie abends einstempelte, die Küche verließ und ihn an der Bar sitzen sah. Nach einem Monat ohne ihn hatte es sich angefühlt, als wäre er nie weg gewesen. Die Art, wie er sie angelächelt hatte, so wie nur er lächeln konnte, hatte in ihrem Herzen ein Feuer entfacht. Nicht zu erwähnen ihre Lenden, in die sofort Leben gekommen war, als sie ihn gesehen hatte. Kein

Mann hatte je so etwas in ihr ausgelöst.

Sie drehte sich auf den Rücken, ihr Kopf ruhte auf einem offenen Lehrbuch. Sie tippte den Stift im Rhythmus des Liedes, das auf dem Laptop spielte, gegen ihren Bauch. Sie wusste, dass es Zeit war, sich auf die Arbeit zu konzentrieren, doch sie konnte nur an Riley denken.

Sie seufzte laut und starrte an die Decke. Was sollte sie tun?

Sie setzte sich auf, als jemand an der Tür klopfte.

„Ja?", rief sie und nahm an, dass es sich um ihre Mitbewohnerin handelte. Jenna hatte die Angewohnheit zu stören, wenn sie versuchte zu lernen. Doch es war nicht Jennas hohe Stimme, die Erica hörte.

„Erica, ich bin's, Riley. Kann ich reinkommen?"

Sie richtete sich kerzengerade auf, die Augen weit vor Schock. Sie hätte seine Stimme überall erkannt, auch wenn er sich nicht zu erkennen gegeben hätte.

Sie blickte an sich hinunter, stellte sicher, dass sie präsentabel aussah. Sie trug ein T-Shirt, Shorts und alberne Weihnachtssocken, obwohl es Anfang Mai war. Präsentabel, aber nicht so, wie sie aussehen wollte, wenn Riley zum ersten Mal ihr Schlafzimmer betrat.

Sie dachte darüber nach, sich die Socken auszuziehen und sich hastig umzuziehen, doch entschied dann, dass das albern war. Es handelte sich schließlich um Riley, sagte sie zu sich selbst. Ihr *Freund*, egal wie sehr sie sich wünschte, dass er mehr als das sein könnte. Sie biss sich auf die Lippe, bevor sie endlich sagte: „Sicher, komm rein."

Als er die Tür öffnete und sie den ersten Blick auf ihn

erhaschte, zitterte sie.

„Was tust du hier?" *Verdammt, ist er hier, um mich zu feuern?* Sie wusste, sie hätte nicht früher gehen sollen. Quinn war zu nett, um nein zu sagen, und zu nett, um ihr zu kündigen, also hatte er seinen Bruder gebeten, die Sache in die Hand zu nehmen. Ihr Herz raste und sie schluckte die Galle hinunter, die in ihr aufstieg.

„Beruhige dich", murmelte er und hielt die Hände nach oben. „Ich habe keine schlechten Nachrichten!"

„Warum bist du dann hier?" Sie bemerkte, wie unhöflich das klang, doch es war zu spät, um es zurückzunehmen. „Ich meine, warum bist du hergekommen? Vor allem um diese Uhrzeit?"

„Es tut mir leid, dass ich dich störe." Er sah sich von seinem Platz an der Tür im Zimmer um und trat dann hinein. Was sie erlaubt hatte, warum fühlte sie sich also nun wie die Beute eines Raubtiers?

Während er sich umdrehte, um die Tür zu schließen, schielte sie über die Bettkante, um sicherzugehen, dass keine Unterwäsche herumlag.

Ihr Herz raste noch immer, doch nicht mehr vor Angst. Er war tatsächlich in ihrem Schlafzimmer! Wo sie seit ihrer ersten Begegnung von ihm träumte.

„Niedliche Socken", murmelte er und deutete auf ihre kniehohen Tannenbaumsocken.

„Wie auch immer. Ich mag Weihnachten."

„Das habe ich mir gedacht." Er grinste und setzte sich neben dem Bett an den Schreibtisch. „Wir hatten gestern im Pub keine Möglichkeit, uns auszutauschen."

„Du bist schnell gegangen."

„Du schienst … beschäftigt. Außerdem hatte ich einiges zu erledigen. Ich kam direkt vom Flughafen."

„Du warst nicht einmal kurz zuhause?"

„Nö. Ich wollte meine Brüder sehen."

Sie liebte es noch immer, ihn reden zu hören. Sein irischer Akzent war manchmal so stark, dass sie dachte, ihn mit einem Messer schneiden zu können.

„Und dich, natürlich."

Sie lächelte und wusste, dass er das nur sagte, um höflich zu sein. „Du musst das nicht sagen."

„Was meinst du damit?"

„Ich meine, wir sind Freunde, Riley. Doch ich weiß, dass ich nicht besonders genug für dich bin, um direkt nach deiner Rückkehr Besuch von dir erwarten zu können."

„Ja. Ich weiß, dass du das denkst. Das gedacht hast, wenn man bedenkt, dass du es geschafft hast, Rob abzuschleppen, sobald ich weg war."

Sie schauderte, ihr Inneres begann zu zittern. Was wollte er damit sagen? Und warum klang er auf einmal eifersüchtig? Als würde es ihn tatsächlich interessieren, dass sie Rob überhaupt „abgeschleppt" hatte? „Ich verstehe nicht", sagte sie schließlich.

„Das ist meine Schuld. Ich habe dir nie zu verstehen gegeben, wie sehr ich dich mag, Erica. Aber ich habe viel an dich gedacht. Bevor ich gegangen bin und auch während ich weg war."

Das Zittern in ihrem Körper verwandelte sich in ein

Erdbeben. „Was willst du damit sagen, Riley?"

„Ich sage, dass ich wünschte, dass du *nicht* mit Rob zusammen wärst. Ich sage, dass ich von dir hören will, dass du es ernst mit ihm meinst oder ob du in Betracht ziehen könntest, mit mir zusammen zu sein."

Sie musste eine ganze Weile sprachlos dagesessen haben, bevor er sagte: „Erica?" Doch ihr Kopf drehte sich. „Es tut mir leid, aber ich bin einfach … überrascht."

Er nickte. „Ich verstehe." Er zwinkerte ihr zu. „Nimm dir Zeit mit der Antwort." Er sah sich um und schien dann die Musik zu bemerken, die leise im Hintergrund spielte. „Du bist ein Queen Fan?"

„Ähm, ja. Schon seit ich denken kann."

„Warum wusste ich das nicht?" Er grinste und schien aufrichtig erfreut.

„Keine Ahnung. Ich nehme an, das Thema kam nie auf." Passierte das wirklich? Hatte er ihr wirklich gerade erzählt, dass er mit ihr zusammen sein wollte, und war dann dazu übergegangen, sie in ein Gespräch über Musik zu verwickeln?

Sie lächelte innerlich. Das war typisch Riley, das Arsch. Sie fühlte sich plötzlich so entspannt, wie sie sich nicht mehr gefühlt hatte, seit Riley zurückgekommen war. Noch immer verstand sie nicht, was für ein Spiel Riley spielte, doch sie war mehr als überzeugt, *dass* es ein Spiel war. Und sie würde ihn nicht kampflos gewinnen lassen.

„Ich hätte nicht gedacht, dass ihr Amerikaner Queen mögt. Vielleicht hast du ja doch guten Geschmack."

„Ha, ha", sagte sie und rollte mit den Augen.

„Was ist dein Lieblingslied?", fragte er.

„'39. Ich bin vor allem ein großer Brian May Fan."
Sie grinste und legte sich die Hand aufs Herz. „Ich habe
sie dreimal gesehen und ihn einmal persönlich getroffen.
Es war vermutlich der beste Abend meines Lebens."

„Sind ohne Freddie allerdings nicht mehr dieselben",
meinte er.

„Du tust so, als hättest du sie tatsächlich noch mit
Freddie gesehen. Du bist ein ganzes Jahr älter als ich",
neckte sie. „Und ich bin sicher, es ist nichts Besonderes
für dich, da du ja in der Nähe gelebt hast. Sie kommen nur
ganz selten nach Amerika."

„Stimmt." Er sah sich in ihrem Zimmer um. „Ich mag
deine Wohnung. Sehr gemütlich."

„So bin ich. Gemütlich. Weder wahnsinnig
intellektuell noch sonderlich modisch."

„Ich denke, du bist großartig, Erica. Also, hast du
darüber nachgedacht, was ich gesagt habe?"

„Die Wahrheit ist, dass ich noch immer verarbeite."

Er nickte wieder und schien noch immer nicht in Eile
zu sein. Scheinbar war seine neue Taktik, sie nicht mehr
mit Smalltalk abzulenken, denn er starrte sie einfach nur
an und sein schwelender Blick schien sie an all ihren
verletzlichsten und privatesten Stellen zu berühren.

„Also, äh, wie war Irland?" Sie hätte sich in den
Arsch treten können, als das aus ihrem Mund herauskam,
da sie ihn das bereits gefragt hatte.

„Immer noch einfach nur schön", sagte er und grinste.
„Ein Teil von mir wird immer dort sein, weißt du. Es ist in

meiner Seele, ganz einfach. Ich nehme an, du würdest ebenso fühlen, wenn du woanders hinziehen würdest."

„Vermutlich", stimmte sie zu.

„Aber ich habe dich vermisst."

Ihr Magen machte einen langsamen Salto.

„Ich habe die ganze Zeit an dich gedacht."

Innerlich schrie sie und sprang umher. Äußerlich ließ sie sich jedoch nicht so einfach beeinflussen. „Das hast du schon gesagt", sagte sie leichthin.

„Du glaubst mir nicht?"

„Das habe ich nicht gesagt. Es ist nur … Vor dem heutigen Tag hast du mich nicht wirklich beachtet." Was hatte sich verändert? Das Einzige, woran sie denken konnte, war … Rob.

Ah. Zu verstehen füllte sie mit Bitterkeit.

„Vielleicht macht Abwesenheit das Herz wärmer", sagte er.

Richtig, oder vielleicht entschied er, nachdem er sie mit Rob gesehen hatte, dass niemand sonst mit seinem Spielzeug spielen durfte. Erica wünschte, dass sie seinen Flirt von ganzem Herzen akzeptieren konnte, doch sie hatte monatelang nah mit Riley zusammengearbeitet und er hatte nie auch nur angedeutet, dass er sich von ihr angezogen fühlte. Sicher hatte er mit ihr geflirtet, doch auf dieselbe Weise, wie er es mit allen Frauen tat, die er traf. Für die O'Neill Brüder war Flirten so natürlich wie atmen.

„Die Sache ist die, Riley … Ich war lange Zeit in dich verknallt. Doch du warst so beschäftigt, mit den anderen Mädchen zu flirten, die reinkamen. Also bin ich über dich hinweggekommen." Sie zuckte mit den Schultern und versuchte, lässig und selbstsicher zu wirken, als sie sprach. In der Zwischenzeit hämmerte ihr Herz so laut, dass sie sich fragte, ob er es hörte. Sie hatte in ihrem ganzen Leben noch nie so unverfroren gelogen. Sie war alles andere als über ihn hinweg – sie hatte es vielleicht geglaubt, bis er zurück in ihr Leben getreten war und sie vom Gegenteil überzeugt hatte.

„Über mich hinweg, hm?" Er lehnte sich zu ihr, bis ihre Gesichter nur Zentimeter voneinander entfernt waren. „Das werden wir noch sehen, Liebes." Dann senkte er seinen Mund auf ihren.

Erica rang nach Atem und verharrte für einige wenige Sekunden unbeweglich, dann seufzte und entspannte sie sich, während er sie langsam und bestimmt küsste. Er berührte sie nicht und dennoch reagierte ihr gesamter Körper auf den Druck seiner Lippen, die Art wie sie sich an ihren bewegten, das leichte Streifen seiner Zunge, das sie umso mehr winseln ließ.

Als er sich zurückzog, beugte sie sich ein Stück nach vorne. Suchte nach ihm, um den Moment auszudehnen. Sie öffnete die Augen, atemlos, und sah, wie er selbstgefällig grinste.

„Hätte ich auch nicht gedacht", murmelte er.

Bildete sie sich das nur ein oder war er genauso atemlos wie sie?

„Ich lasse dich jetzt besser lernen", sagte er und stand auf.

Erica war sprachlos, unfertig. Sie traute sich nicht zu,

etwas zu sagen. Ihr Rücken war gegen ihn gerichtet, als er die Tür erreichte.

„Ich hoffe, du denkst nicht, dass das irgendetwas ändert", schaffte sie zu sagen. Ihre Stimme zitterte.

„Oh, das denke ich nicht, Erica. Ich weiß es", antwortete er und brachte sich selbst zur Tür.

Sie fiel zurück aufs Bett, die Hände auf ihrer Brust, ihr Herz noch immer wie verrückt rasend. Das war alles, wovon sie immer geträumt hatte, seit sie ihn zum ersten Mal gesehen hatte. Und noch mehr – da sie sich nie einen Kuss wie diesen hätte vorstellen können.

KAPITEL FÜNF

Wenn Erica ihr Gesicht hätte sehen können, nachdem sie ihn geküsst hatte, wäre sie so tiefrot geworden, dass ihr Körper in Flammen aufgegangen wäre. Sie hatte zuerst nicht gewusst, was sie mit sich anstellen sollte, doch ihr Körper hatte sie verraten. Er hatte immer gewusst, dass sie ihn wollte. Er hatte nur nicht gedacht, dass er sie so schnell reizen konnte. Er war begeistert gewesen, als sie sich in ihren Kuss hineingelehnt, mehr gefordert hatte. Wäre er ein schwächerer Mann gewesen, hätte er sie aufs Bett gelegt und unzählige, unaussprechliche Dinge mit ihr getan. Auch er wollte mehr. Es war nicht leicht gewesen, den tobenden Steifen in seinen Shorts zu ignorieren.

Sie war wunderschön, vor allem in ihren Weihnachtssocken mit einem zerzausten Knoten auf dem Kopf. All das goldene Haar. Er wollte seine Hände darin vergraben. Und so viele andere Dinge. Er klopfte sich selbst auf die Schultern, weil er anständig geblieben war. Gute Jungs verdienten eine Belohnung.

Seine Belohnung würde der ultimative Preis sein – Erica.

Das Häuschen, das er mit Sean teilte, war ruhig, doch er sah am Licht unter der Tür, dass sein Bruder zuhause war. Anstatt ihn aufzusuchen, ging er in sein Zimmer, zog sich aus und fiel mit ausgelaugtem Körper und ermatteter Seele aufs Bett. Jetlag war einfach das Schlimmste am Reisen; sein Kopf dachte, es sei neun Uhr morgens anstatt mitten in der Nacht.

An Schlaf war nicht zu denken. Er konnte seine Augen schließen und sich zum Schlafen auffordern, doch es hatte keinen Sinn. Er war übermüdet und verdammt frustriert.

Er stand auf, rieb seine Hände übers Gesicht und drehte das Wasser in seinem Badezimmer auf. Eine heiße Dusche half in der Regel bei der Entspannung – und das tat sie auch. Doch noch immer wurde er nicht schläfrig. Er trocknete sich ab und fiel zurück ins Bett. Keine Chance. Er war noch immer hellwach.

Seine Gedanken wanderten und er stellte sich Lucys Blick vor, als er ihr gesagt hatte, dass er nicht nur nicht mehr mit ihr zusammen kommen, sondern den Kontakt mit ihr auch vollständig abbrechen wollte. Sie würde immer das Mädchen in der Heimat, seine erste Geliebte bleiben, doch unterm Strich waren die Gründe, warum sie immer wieder zusammen gekommen waren, nur folgende: Gewohnheit und Unreife.

Er hatte sie nicht geliebt. Würde sie nie lieben.

Und er war an einem Punkt angelangt, an dem er nicht

genau nach Liebe, aber nach mehr als nur heißem Sex, den er von vielen Frauen bekommen könnte, suchte.

Dennoch, er hatte es gehasst, Lucy zu verletzen, und obwohl sie ziemlich sauer gewesen war und er glaubte, dass sie auch ohne ihn gut klarkommen würde, hatte er den Schmerz in ihren Augen gesehen. Das hatte ihm wiederum wehgetan. Doch es war besser für beide, endlich weiterzuziehen, ungehindert von nachklingenden Beziehungen aus der Vergangenheit.

Es macht keinen Sinn, mich deshalb zu grämen, nicht wenn ich versuche, mich auszuruhen. Er entschied sich, stattdessen an Erica zu denken.

Nur an sie zu denken, wie sie ihn in ihrem Zimmer zurückgeküsst hatte, erregte ihn unterhalb der Hüfte. Er bewegte sich im Bett hin und her und griff zum Nachttisch, wo er die Flasche Lotion für solche Momente aufbewahrte. Er fragte sich, warum er nicht früher daran gedacht hatte, sich einen runterzuholen – es war der todsichere Weg einzuschlafen.

Dann kam ihm eine Idee.

Er lächelte und fragte sich, ob sie mitmachen würde. Konnte er sie überzeugen? Es war ein Leichtes gewesen, sie dazu zu kriegen, ihn zurückzuküssen. Doch dies war eine andere Herausforderung. Dennoch: Er könnte den Pub darauf verwetten, dass sie auch an ihn dachte.

Anstatt nach der Lotion zu greifen, nahm er sein Handy und wählte ihre Nummer. Sie würde noch wach sein, wenn sie für ihre Prüfung lernte.

„Hallo?" Sie klang nicht müde – eher unruhig. Sie

wusste nicht, warum er anrief. Gut. Er wollte sie raten lassen.

„Hey", murmelte er. „Tut mir leid, dass ich so spät anrufe."

„Das ist okay", sagte sie. „Ich bin noch wach und lerne."

„Ich wollte dich nicht stören, sondern mich dafür entschuldigen, dass ich vorhin die Kontrolle über mich verloren habe."

Ein Moment der Stille. „Oh, das ist okay. Ich werde es nicht gegen dich verwenden."

„Du bist ein sehr verständnisvolles Mädchen", sagte er.

Eine weitere lange Pause. Er wusste, dass sie seine Worte abwog. Sie war kein leichtes Opfer. Riley war Herausforderungen wie sie nicht gewohnt, doch es gefiel ihm. Es machte Spaß, fühlte sich an, als müsste er auf Zack bleiben, um sie zu umwerben.

„Es ist nur ... Ich konnte nicht anders. Du bist so wunderschön, Erica. So sexy ..."

„Sexy?" Sie klang skeptisch, wenn auch etwas außer Atem.

„Ja, sexy. Du hast keine Ahnung, wie scharf du bist, oder? Hat dir das nie jemand gesagt?" Zum Beispiel der Wichser Rob?

„Riley, ich glaube nicht, dass das eine gute Idee ist", grummelte sie.

„Was ist so falsch daran, dir zu sagen, was ich von dir halte? Wie kann ich aufhören, an dich zu denken, vor allem jetzt, wenn ich im Bett liege?"

„Du liegst im Bett?", sagte sie mit hoher, leicht trillernder Stimme.

„Ja und ich kann nur an dich denken. Wegen dir kann ich nicht schlafen. Es ist wie Folter, an unseren Kuss zu denken. An all die anderen Dinge zu denken, die ich mit dir anstellen wollte."

Sie atmete lauter. „Ich wollte so viel mehr mit dir tun, als dich nur zu küssen, Erica. Ich wollte dich überall berühren, dich zum Schreien bringen."

Sie wimmerte sanft. Das gleiche Wimmern, das sie ausgestoßen hatte, als er sie geküsst hatte. Er pumpte sich etwas Lotion in die Handfläche, bevor er sie seinen harten Schaft entlanggleiten ließ.

„Willst du, dass ich es dir sage?", murmelte er. „Willst du wissen, was ich tun wollte?"

„Oh, Riley …" Sie bat ihn, nicht aufzuhören. Sie stöhnte vor Lust. War sie schon weiter als er?

„Berührst du dich? Stellst du dir vor, wie ich dich berühren würde?"

Sie stöhnte leise zur Antwort.

„So ist es richtig, Baby. Erzähl mir, was du mit dir anstellst."

„Warum sagst du mir nicht stattdessen, was du mich tun lassen willst, und ich tue es?" Ihre Stimme war ein stotterndes Flüstern.

Ihre Kühnheit ließ seine Augen weit und seinen Schwanz noch härter werden. Er pochte in seiner Hand, verlangte nach ihr.

„Okay, Liebes. Ich will, dass du deine Titten für mich reibst." Er schloss die Augen und stellte sich vor, wie sie sich selbst berührte. „Ich wollte meine Hände so gerne unter dein T-Shirt gleiten lassen und mit ihnen spielen. Ich wollte sie halten und kneten, deine Nippel kneifen, bis du nach mehr betteln würdest. Dann würde ich sie lecken, ganz langsam."

„Mmm …" Sie stöhnte und keuchte.

„Kneifst du sie für mich?"

„Ja", atmete sie.

Er streichelte sich härter. „Das ist so schön. Fühlt es sich gut an?"

„Oh, ja", antwortete sie.

„Ist deine Fotze feucht?", frage er.

Sie stöhnte erneut, dieses Mal verzweifelt. „Ja, Riley … ja …"

„Ich würde dich hinlegen und zwischen deinen Beinen knien." Riley fuhr mit seiner Hand seinen Schaft hoch und runter, drückte dabei härter zu. „Ich würde dir deine Shorts runterreißen, dann deine Unterwäsche. Du wärst so feucht für mich, dass ich es sehen könnte."

„Oh … oh … ja …"

„Ich würde dich schmecken müssen. Meine Zunge würde an deinen Schamlippen lecken, nur außen, gerade genug, um dich nach mehr schreien zu lassen."

„O Gott!"

„Berührst du dich? So wie ich es tun würde?"

„J-ja!", stöhnte sie.

„Wie fühlt es sich an? Wie fühlt es sich an, wenn ich

deine Fotze lecke?"

„O Gott, Riley! So gut!" Ihr Atem kam in harten, unebenen Zügen.

Seine Hand streichelte härter, schneller. „Das ist richtig. Dann würde ich dich mit meinen Fingern spreizen und meine Zunge würde an deiner Klitoris streifen …"

„Oh, ja!", schrie sie verzweifelt auf. Er stellte sich ihre Finger vor, wie sie sich schnell über ihre Klitoris bewegten, und fühlte, wie sich seine Eier zusammenzogen.

„Ich würde dich lecken, bis du nicht mehr könntest und dein Körper unter mir beben würde. Du würdest nach meinem Schwanz betteln." Es war schwer zu sprechen, schwer an irgendetwas anderes zu denken, als an das Bedürfnis zu explodieren. „Sag es mir", bat er.

„Ich … ich brauche deinen Schwanz", flüsterte sie.

„Und ich würde ihn dir geben. Ich würde in deinen heißen, feuchten Tunnel rutschen. Und ich würde ihn rein- und rauspumpen … Du wärst so verdammt eng …"

„Ja … gib es mir, Riley …"

„Ich würde dich ficken, bis du meinen Namen schreien würdest. Immer wieder und wieder. O Gott …"

„Ja! Ja, Riley! Hör nicht auf!" Sie war so nah dran und er spürte, wie seine eigene Explosion sich aufbaute.

„Komm für mich", drängte er sie. „Lass mich hören, wie du kommst, Liebes. Lass mich hören, wie du meinen Namen sagst, wenn du für mich kommst." Er schloss die Augen und stellte sich vor, wie sie sich befingerte, stellte sich vor, wie er sie bewusstlos fickte.

„O … Gott … Riley … Ich komme …!" Dann

kreischte sie leise und stieß einen langen, wimmernden Seufzer aus.

Er schloss die Augen, seine Hand bewegte sich schnell, bis er mit einem lauten Stöhnen explodierte.

„Scheiße", murmelte er und versuchte, zu Atem zu kommen. Alles, was er von ihrer Seite hörte, war lautes Atmen. Sie blieben still, bis sie die Kontrolle über sich wiedergewonnen hatten. Nach einigen Minuten fragte er sich jedoch, ob sie in Ordnung war.

„Bist du okay?", fragte er.

„Mir geht's gut", flüsterte sie, doch das Zittern in ihrer Stimme verriet sie.

„Bist du sicher? Ich meine, das war … etwas."

„Es war etwas. Das ist das richtige Wort."

„Ich will das schon seit einer ganzen Weile. Ich schwöre, es liegt nicht nur an Rob, dass ich mich für dich interessiere, Erica. Ein Teil des Grundes, warum ich nach Irland bin, war wegen dir."

„Was meinst du?"

„Meine Ex-Freundin, Lucy. Wir sind seit Ewigkeiten zusammen, nicht zusammen, hin und her. Ein Teil von mir musste sichergehen, dass es nicht nur an der Entfernung lag, die uns auseinander hielt. Verstehst du?"

„Ich verstehe."

„Ich habe sie gesehen. Habe Zeit mit ihr verbracht. Doch während der ganzen Zeit konnte ich nicht aufhören, an dich zu denken."

„Was ist mit den anderen Mädchen, die du getroffen hast, seitdem du hier bist?", fragte sie.

„Mit den meisten ist nichts passiert. Und selbst wenn – ich wollte eigentlich immer nur dich. Das ist die Wahrheit. Doch sag das nicht den Jungs", sagte er. „Sie denken alle, dass ich ein Hengst sei. Ich will ihre Herzen nicht brechen."

Sie kicherte. „Meinst du das im Ernst?"

„So ernst wie ein Herzinfarkt, Liebes."

Sie wurde still. Er erwartete, dass sie ihm auch irgendwie ihre Zuneigung erklärte oder zumindest ein Versprechen ablegte, dass sie mit ihrem Freund Schluss machen würde, jetzt, da sie wusste, dass er auf sie abfuhr und sie ihm bereits gesagt hatte, dass sie auf ihn abfuhr. Ein bisschen Telefonsex hatte geholfen, den Deal zu verfestigen. Alles, was er brauchte, war ein Wort von ihrer Seite.

Doch alles, was er bekam, war: „Ich sollte jetzt auflegen. Ich muss weiterlernen. Bis morgen. Und … danke. Gute Nacht." Sie legte auf.

Riley starrte mit großen Augen auf sein Handy. Das war überhaupt nicht, was er erwartet hatte.

Nichts an ihr war, was er erwartet hatte.

KAPITEL SECHS

Erica hatte schon viele Dinge in ihrem Leben gefürchtet. Wurzelbehandlungen.

Steuererklärungen.

Bikini-Saison.

Doch in ihrem ganzen zweiundzwanzigjährigen Leben hatte sie sich vor noch nichts so sehr gefürchtet, wie am Tag nach dem Telefonsex mit Riley zur Arbeit zu gehen.

Sobald sie aufgelegt hatte, glühte ihr Körper vor Scham. *Was zum Teufel habe ich mir dabei gedacht?* Naja, das war nur allzu deutlich – sie hatte an Riley gedacht, seine Hände, seinen Mund, seinen Schwanz und alles, was er mit ihr anstellen würde. Seitdem er das Apartment verlassen hatte, hatte sie sich nach ihm gesehnt – sie brauchte nur einen Stoß in die richtige Richtung.

Nein, die falsche Richtung. Was sie getan hatten, war falsch. Er war ihr Chef. Sie musste ihm unter die Augen treten oder nicht zur Arbeit gehen und ihren Job verlieren.

„Gut gemacht, Erica", grummelte sie und warf ihr

Telefon angewidert auf den Boden. Sicher, es hatte sich großartig angefühlt – mehr als großartig, doch war es die Nachwirkungen wert? Zum Beispiel: Ihm in die Augen sehen zu müssen, nachdem er ihr beim Orgasmus zugehört hatte? Sie zog sich die Decke über den Kopf und rollte sich zu einem Ball zusammen, betete, dass er es ihr nicht vorhalten würde. Es würde ihm ganz ähnlich sehen, sie damit gnadenlos aufzuziehen.

Der nächste Tag verschwand hinter einem Schleier. Sie nahm am Business Law Examen teil und hoffte zu bestehen, denn lernen hatte nach ihrem Telefonat ganz hinten auf der Liste gestanden. Was sie getan hatten, war ihr einziger Fokus. Was sie getan hatte. Sie wollte deswegen nicht einmal glücklich sein. Das war vielleicht das Schlimmste – unfähig zu sein, die Intimität mit jemandem zu genießen, den sie schon so lange so gerne mochte.

Sie kam zur gewöhnlichen Uhrzeit am Pub an, blieb aber länger im Auto, als sie musste. Ihre Finger tippten auf dem Lenkrad, ihre nervöse Anspannung machte sie verrückt. Ihr Blutdruck war viel zu hoch und ihre Handflächen feuchtkalt. Die Übelkeit holte sie fast ein.

Sie faltete ihre Arme auf dem Lenkrad zusammen und legte ihren Kopf darauf, nahm tiefe Atemzüge, selbst als sie sich ausschimpfte. *Alles nur, weil ich Rileys Anruf angenommen habe. Regel Nummer eins: Gehe nicht ans Telefon, wenn dich ein Kerl spät abends anruft. Es geht nicht darum, Rezepte auszutauschen oder über die letzte Folge von* Scandal *zu tratschen.*

Sie wusste, sie konnte nicht für immer im Auto bleiben, und so schleppte sie sich heraus und ging zur Hintertür des Pubs. Da realisierte sie, vor was sie sich am meisten fürchtete. Sie hatte Angst, dass er sie nicht mehr mochte. Dass es komisch zwischen ihnen sein würde. Dass er, trotz seiner Erklärung von letzter Nacht, merken würde, dass sie absolut keine Herausforderung war und sie deshalb bereits satt hatte.

„Guten Abend!", rief Brady, als sie die Küche betrat. „Wie war deine Prüfung?"

„Hmm? Oh, ich denke okay", sagte sie. „Es war alles so verschwommen, weiß du? Du bereitest dich auf etwas vor, arbeitest dafür und dann ist es da und du gibst einfach dein Bestes."

„Mehr kann keiner tun. Ich bin sicher, du hast es gerockt", sagte er mit einem Zwinkern. Er war immer sehr ernst und ausgeglichen, doch er hatte unendlichen Charme. Ja, es war teilweise sein gutes Aussehen und sein irischer Akzent, doch es war außerdem genetisch bedingt: Alle O'Neill Jungs hatten schaufelweise davon.

„Da ist sie, unsere liebe Barkeeperin. Ich frage mich, wann du mich heiratest und mich endlich hier wegbringst", sagte Sean und wedelte mit den Armen.

Da er bis über beide Ohren in seine Englisch Professorin verliebt war und plante, bald einen Schritt auf sie zuzugehen, lachte Erica trotz ihrer Nervosität.

„Woher weißt du, dass ich dich nicht heiraten würde, um an dein Geld zu kommen?"

„Oh, armes Ding. Du könntest es versuchen, aber

wärst ziemlich enttäuscht mit deinem Fund."

Sie wusste, dass das Unsinn war. *The Stylish Irish* lief gut und sie hatten gute Einnahmen. Sie zahlten ihr außerdem ein mehr als großzügiges Gehalt, genug für Schulgeld, Bücher und eine ziemlich teure Wohnung. Und sie hatte fast genug für ein neues Auto zusammen.

„Ich bin mir sicher, es gäbe andere Entschädigungen", zwinkerte Erica und die beiden Brüder lachten. Sie fühlte sich gut als sie die Schwingtür der Küche aufdrückte und zur Bar ging.

Beim Anblick von Riley hinter der Bar blieb ihr fast das Herz stehen.

„Hey, Liebes." Er grinste.

„Hey." Sie fummelte mit den Bändern ihrer Schürze, versuchte, sie zuzuknoten. Ihre Hände zitterten wie wild.

Er bemerkte das. „Lass mich dir helfen." Er kam herüber und half ihr feierlich, die Knoten aufzutrennen, bevor er eine schöne Schleife band. „Hier, fertig." Seine Hände fanden ihre Hüften und er lächelte, während sie dort ruhten.

„Riley, was tun wir hier?", fragte sie leise.

„Im Moment bereiten wir uns für Freitagabend vor. Es wird gerammelt voll werden." Er grinste. „Das hast du gemeint, nicht wahr?"

„Ja, sicher." Sie rollte mit den Augen.

Er kicherte. „Wir gehen einfach einen Tag nach dem anderen an, ok? Ich weiß, dass ich letzte Nacht Spaß hatte." Seine braunen Augen glühten und reduzierten Ericas Knie zu Butter. „Ich will mehr Spaß mit dir haben, wenn du das auch willst."

„Es ist nicht so, dass ich keinen Spaß haben will, Riley. Es ist nur, du bist mein Chef …"

Sein Gesicht wurde ernst, dann nickte er. „Das ist richtig, das bin ich. Doch dein Job ist sicher, Erica, egal, was zwischen uns passiert. Ich will, dass du das weißt."

Sie schluckte hart, suchte nach seinem Blick und nickte dann. „Okay, danke."

Er zwinkerte und richtete seine Aufmerksamkeit dann auf die Vorbereitung der Bar. Sie musste zugeben, dass seine Rückkehr wieder frischen Wind in den Pub brachte. Sie hatte es satt gehabt, ohne ihn zu arbeiten. Er brachte sie innerhalb weniger Minuten zum Lachen und ihre Anspannung war vergessen.

Es war auch gut so, denn es blieb keine Zeit, über etwas anderes als die Gäste nachzudenken, die mit der Happy Hour kamen. Es ging nicht lange und Riley und Erica rasten hinter der Bar hin und her, erfüllten Bestellungen und lachten mit den Stammgästen.

Zusammen fanden sie einen guten Rhythmus, was sie zu schätzen wusste. Sie mussten nicht übermäßig darüber nachdenken, was sie taten, oder viel darüber sprechen, sie wussten die Bewegungen des anderen im Voraus. Wenn er die Brausepistole brauchte, gab sie ihm diese, während sie die Gläser mit Eis füllte. Dann würde sie die Gläser über seinen geduckten Kopf heben, sodass sie Plätze tauschen konnten. Wenn er neben dem Kühlschrank stand und ein Gast nach einer Flasche Bier fragte, hatte er sie bereits geöffnet und für sie bereit, bevor sie danach zu fragen brauchte.

Es störte nicht, dass das gemeinsame Arbeiten ihnen die Gelegenheit gab, sich zu berühren. Zuerst hatte Erica angenommen, dass es ein gedankenloser Zufall war. Sie rannten die ganze Zeit ineinander. Bei der Arbeit auf solch kleinem Raum war das unvermeidbar.

Bis zu diesem Abend hatte er sein Becken jedoch von ihrem Po ferngehalten, wenn er sich hinten an ihr vorbeischob. Als sie eine markante Ausbeulung an sich spürte, wurde sie rot.

„Pass auf deine Pistole auf, Riley", sagte Erica und starrte auf den Verteiler in seiner Hand. „Du willst sie doch nicht versehentlich abfeuern, oder?"

Er wendete sein Gesicht den Gläsern zu, die er mit Soda füllte, doch sie sah das Grinsen, das er zu verstecken versuchte. „Darauf muss ich achten", sagte er.

„Gut. Es gibt nichts Schlimmeres, als die ganze Nacht mit einem klebrigen Fleck herumzulaufen. Von dem Soda, meine ich." Sie drehte sich weg, um eine Bestellung aufzunehmen, und hörte ihn hinter sich lachen.

Minuten später lehnte sie sich über die Bar, um ein paar leere Gläser einzusammeln, als sie hinter sich zustimmendes Murmeln hörte.

„Ja?", fragte sie und drehte sich zu ihm.

Er grinste nur, doch er konnte seine Gedanken nicht verbergen. Sie waren ihm quer übers Gesicht geschrieben.

„Du weißt", murmelte sie, während sie eine Rechnung ausdruckte, „du könntest etwas diskreter liebäugeln."

„Liebäugeln? Tut mir leid." Er kam näher, mit dem Mund an ihr Ohr. Sie hielt den Atem an. „Ich dachte daran, wie du letzte Nacht geschrien hast. Du bist nicht das etepetete Mädchen, das du darzustellen versuchst, nicht wahr?"

Sie hielt ein Lachen zurück. „Vielleicht lag es an der späten Uhrzeit. Ich habe nicht klar gedacht."

„Oder vielleicht hast du einfach nur eine Entschuldigung gebraucht, um etwas loszulassen. Ich frage mich, was du sonst noch so tun würdest, wenn du dir selbst die Erlaubnis geben würdest, dich locker zu machen."

„Das würdest du wohl gerne wissen?", fragte sie und gab einem Gast sein Wechselgeld.

„Würdest du wollen, dass ich es weiß?" Er ging weg und ließ sie ein klein bisschen nach Luft ringend zurück. Ja, sie würde wollen, dass er es weiß. Offen gesagt wollte sie, dass er sie auf der Bar nahm. Erica strich mit ihren Brüsten absichtlich an seinem Arm, als sie ihm das nächste Mal über den Weg lief, und sie hörte, wie er leise stöhnte.

„Du willst mich umbringen, nicht wahr?", fragte er.

„Du hast angefangen." Sie lächelte selbstzufrieden in seine Richtung.

Sie machten stundenlang so weiter, versuchten, sich gegenseitig zu überbieten. Es war schwer, die Dinge unter Kontrolle zu behalten, professionell zu bleiben. Sie hatte, außer Frage, so viel Spaß wie noch nie freitagabends bei der Arbeit.

„Was machst du heute Nacht?" Riley schenkte zwei Gläser Wein ein und gab sie der Kellnerin, dann drehte er sich zu Erica. „Weiterlernen?"

„Du meinst, werde ich alleine in meinem Zimmer sein und an … mein Telefon … denken?"

Er grinste und sie wusste, dass er darauf abgezielt hatte.

„Tut mir leid, aber nein. Ich habe für heute Nacht Pläne. Es ist schließlich Freitag."

„Oh. Du hast ein Date? Mit Rob."

Es klang wie eine Feststellung, und obwohl er es zu verstecken versuchte, sah er definitiv nicht erfreut aus. Eifersüchtig. Vielleicht sogar traurig. Sie schüttelte den Kopf. „Nein. Nicht mit Rob."

„Oh." Sein Gesicht leuchtete auf. „Was tust du dann?"

„Ich werde mit einigen Freundinnen nach Sonoma fahren. In eine Bar namens *Sure Footed* mit toller Tanzfläche. Schon mal dort gewesen?"

„Nein, aber ich hab Märchen davon gehört. Ich hätte nicht gedacht, dass Mädchen wie du solche Orte unterstützen würden", sage er mit neckendem, tadelndem Ton.

„Oh? Und du weißt so viel darüber?"

„Sicher. Dunkle Ecken, schmutzige Taten."

„Naja, ich gehe nur zum Tanzen hin." Sie mischte einige Drinks, während Riley zwei weitere Bier zapfte. Sie gab die Drinks aus und ging dann an ihm vorbei, um den Gästen ihr Wechselgeld zu geben. Während sie das tat, streifte ihre Hand seinen Po. Er war genauso fest und köstlich, wie sie es sich immer vorgestellt hatte. Ihr Herz raste und sie konnte kaum glauben, so unverfroren zu sein.

Er räusperte sich und zeigte seine Überraschung. „Komm schon. Du kannst jede Nacht tanzen gehen. Warum gehst du heute Abend nicht mit mir aus?"

„Warum habe ich das Gefühl, dass du dich bei dir

zuhause mit mir treffen wollen würdest?"

„Ich? Würde ich dir das antun?"

„Ja, würdest du."

Er lachte und zuckte mit den Schultern. „Es war jedenfalls einen Versuch wert."

„Sorry", zwinkerte Erica.

„Na schön. Vielleicht schaue ich mir mal an, was euer Club so drauf hat."

Sie beäugte ihn und fragte sich, ob er das ernst meinte. Es schien so. „Wirklich?"

„Ja, wirklich." Er kam näher und drückte sich an sie. Sie fühlte den Steifen in seiner Hose und etwas Tiefes und Ursprüngliches in ihr röhrte zustimmend. Sie hielt sich an der Ecke der Bar fest, um stehen zu bleiben.

„Reservierst du mir einen Tanz?", flüsterte er in ihr Ohr und zitterte trotz der Hitze seines Atems.

„Wenn du brav bist, werde ich mehr als nur das tun." Sie drehte sich zu ihm und traf seinen Blick. „Ich werde *nur* für dich tanzen."

Er zuckte an ihrem Bein und sie war sich sicher, dass die Hitze zwischen ihren Oberschenkeln sie umbringen würde. Für einen Moment waren sie ganz allein.

Dann war der atemberaubende, aufregende Moment vorbei und sie kümmerten sich wieder um ihre Gäste. Um ihrer beider Willen agierte Erica von nun an so professionell wie möglich. Andererseits war nicht abzusehen, was passieren würde.

KAPITEL SIEBEN

Er hielt es kaum aus. Keine Chance, dass sie wusste, was sie mit ihm anstellte, oder die übermäßige Selbstkontrolle einschätzen konnte, die er ausüben musste, um seine Hände von ihr zu halten. Ein bisschen Streifen, ein bisschen Necken – das war eine Sache. Doch binnen Kurzem wollte er sie nur noch an der Hüfte packen und sich in ihr versenken, bis sie nichts tun konnte, außer seinen Namen zu schreien.

Während der ersten Windstille in der Menge hatte er sich in die Küche verzogen, um zu Atem zu kommen und seinen Kopf freizumachen.

„Wie läuft's da draußen?" Brady füllte ein Tablett mit Gourmet-Pub Essen, das sie anboten, und gab es dann einem der zwei Kellner, die heute Dienst hatten.

„Typisch Freitag. Ich brauche eine Atempause." Er ging nach draußen, wo die Luft frisch und kühl war. Es war genau das Richtige für seinen überhitzten Verstand.

Hatte er sich tatsächlich einverstanden erklärt, mit

Erica in einen Club zu gehen? Es war nicht gerade seine Szene – doch auf der anderen Seite war der Gedanke, sie tanzen zu sehen, genug, um seinen Motor zum Schnurren zu bringen. Das würde es wert sein.

„Riley! Sie braucht dich drinnen. Hör auf, rumzuwichsen!" Riley grinste beim Klang von Seans Stimme und ging zurück nach innen.

* * *

Sure Footed war weniger ein Club und mehr eine Sardinenbüchse, beobachtete Riley reumütig. War es das, was die Leute in seinem Alter gerne machten? Was war mit einem schönen, ruhigen Fußballspiel im Pub passiert?

Körper schmissen sich zu Musik aus den 80ern in der Gegend herum. 80er! Seine Mam würde sich das anhören. Doch er lächelte, als er Erica sah, die vollkommen relaxt und selbstsicher aussah.

Sie fing seinen Blick quer durch den Raum auf und winkte. Er hob eine Hand zum Gruß und nahm dann einen großen Schluck Bier. Ihr zuzusehen, wie sie sich bewegte, war, wie Wasser beim Fließen zu beobachten. Sie war flüssig, anmutig. So bezaubernd ungeschickt und tollpatschig sie sich im Alltag bewegte, so wunderschön koordiniert war sie, wenn sie tanzte. Sie schien die Musik auf einer tieferen Ebene zu fühlen als die anderen um sie herum. Sie bewegte sich nicht nur zum Rhythmus. Die Musik bewegte wortwörtlich sie.

Und dann dachte er: Ich könnte derjenige sein, der sie

bewegt. Er erinnerte sich an ihr Versprechen eines Tanzes nur für ihn. Tanzte sie für ihn? Oder kam da noch mehr? Wie auch immer – er war süchtig. Er konnte nicht erwarten, was die Nacht versprechen würde.

Sie trank einen Shot, der ihr von einer ihrer Freundinnen angeboten wurde. Das gab ihm zu denken. Sie trank eine Menge – nicht dass es ihn störte, dass eine Frau trank oder nicht, aber es spielte eine Rolle, da Riley in Betracht zog, mit dieser Frau zu schlafen. Er war nicht sonderlich begeistert bei dem Gedanken an eine betrunkene Partnerin. Einige Drinks mehr und er würde sämtliche Festivitäten, die sie beide im Kopf hatten, verschieben müssen. Er spielte nicht mit betrunkenen Mädchen.

Sie schlängelte sich mit leuchtendem Lächeln zu ihm durch. „Was sitzt du hier ganz alleine?", fragte sie schreiend, um gehört zu werden.

Riley hob sein Glas. „Ich genieße die Aussicht", sagte er und zwinkerte.

Sie grinste, und wenn ihr Gesicht nicht schon vom Tanzen gerötet gewesen wäre, war er sich sicher, dass sie rot geworden wäre.

„Wenn es dir von dieser Entfernung gefällt, solltest du es von nah sehen."

Etwas regte sich in ihm, als er ihre Worte hörte, und er sah die Herausforderung in ihren Augen. Ihre Stimme war leise, intim. Erinnerte ihn daran, wie sie am Telefon miteinander gesprochen hatten.

„Du solltest mit mir tanzen. Ich habe gesehen, dass du

dich gut genug bewegst", forderte sie.

„Und wann war das? Und wo war ich, denn ich erinnere mich absolut nicht daran."

„Im *The Stylish Irish*."

Er schauderte. „Ich habe noch nie im Restaurant getanzt.

„Nein, aber du hast dich gut bewegt. Wenn du hinter der Bar stehst und an nichts denkst, bewegst du dich sehr anmutig. Du bist sehr … sinnlich." Erica biss sich auf die Lippe.

Rileys Hosen verengten sich um seinen wachsenden Schwanz. „Sinnlich also?" Er grinste und sie zog den Kopf ein.

„Ja, und? Was ist so schlimm daran?" Sie sah rührend verlegen aus. Also war sie noch nicht so betrunken, wenn sie noch immer Scham spüren konnte. Das war vielversprechend.

„Nichts, nichts. Ich frage mich nur, wie nah du mich in all dieser Zeit beobachtet hast."

„Sehr nah." Sie machte keine Witze, sie war todernst. Da war ehrliches, wahres Bedürfnis in ihren Augen. Er wollte sie nehmen, hier und jetzt, zum Teufel mit dem Rest des Raumes. „Also, kommst du mit mir oder nicht?"

Er konnte eine Einladung wie diese nicht ablehnen, also erlaubte er ihr, seine Hand zu nehmen und ihn zur Tanzfläche zu führen. Ihre Freundinnen hielten Abstand – Riley fragte sich, ob sie mit ihnen schon alles durchgesprochen, ihnen ihre Absichten für diesen Abend mitgeteilt hatte. Er sah, wie sie ihn ansahen, mit einer

Mischung aus Belustigung und Neid, und stellte sich die Lästereien vor, die sie am nächsten Tag austauschen würden.

Erica schien das nicht zu stören und er folgte ihrer Führung. Sie trug ein enges, schwarzes Tanktop und enge Jeans. Die Bluse, die sie im Pub getragen hatte, war Vergangenheit und ihr Haar war nicht zu dem üblichen Pferdeschwanz gebunden. Stattdessen hing es frei und lose über ihren Schultern, ein goldener Wasserfall, der plätscherte, wenn sie sich bewegte.

Er nahm ihre Hüften in seine Hände, positionierte sie an seinem Körper, als sie sich zusammen bewegten. Er wusste nicht, um welchen Song es sich handelte, erkannte ihn nur vage. Erica schien ihn zu kennen und konzentrierte sich mehr aufs Singen als auf ihr Tanzen mit ihm. Ihre leicht schiefe Stimme trällerte, während sie den Text mit viel Vergnügen mitschmetterte. Er biss sich auf die Lippe, um nicht zu lachen, genoss ihre lustige, alberne Seite, selbst wenn er sich vorstellte, ihren engen, kleinen Körper mit seinem pochenden Schwanz aufzuspießen.

Sie roch unglaublich, obwohl sie etwas geschwitzt hatte. Er zog sie näher zu sich, sein Gesicht in ihrem Hals vergraben. Sie hörte auf zu singen und stöhnte stattdessen, als sie seinen Atem auf ihrer Haut spürte. Ihre Arme wickelten sich um seinen Hals. Sein Oberschenkel ruhte zwischen ihren und rieb sich leicht an ihnen. Er stöhnte in ihr Ohr, so nah, dass nur sie es hören konnte. Sie keuchte leise. Er wollte sie lecken, an ihr saugen, seine Zähne in ihr Fleisch vergraben, bis sie aufschrie. Der Drang war so groß, dass er sich von ihr lösen musste.

„Was ist los?", fragte sie mit unschuldigen, großen Augen. Manche Mädchen würden in diesem Moment Spielchen spielen, so tun, als hätten sie keine Ahnung, welche Wirkung sie auf ihn hatten. Doch es war kein Spiel mit ihr. Sie war aufrichtig verwirrt. Es war rührend.

Und machte ihn härter als einen Nagel aus Eisen.

„Warum setzen wir uns nicht?", frage er und fühlte sich etwas schummerig. *Vermutlich all das Blut, das mir in die Leistenbeuge fließt*, dachte er und sein Kiefer verkrampfte sich. „Ich brauche eine Pause. Ist schon eine Weile her, seit ich das letzte Mal getanzt habe." Sie sah entgegenkommend genug aus, also nahm er ihre Hand und führte sie zurück in ihre Sitzecke.

Er bestellte ein Wasser für Erica, hoffend, dass es, gemeinsam mit dem Tanzen, dabei helfen würde, sie auszunüchtern. Keine Chance, dass sie in der Lage war, mit ihm zu schlafen. Trotz der Tatsache, dass sie fähig dazu war, Scham zu fühlen, war sie definitiv mehr als nur beschwipst. Auch eine Unterhaltung könnte helfen.

„Was hast du mit deinem Business-Abschluss vor?", fragte Riley und lehnte sich vor, um gehört zu werden.

Sie zog ihren Kopf zurück und sah überrascht aus. „Ich hätte nicht gedacht, dass du heute Nacht darüber reden möchtest", gab sie zu.

„Warum nicht? Wir sind zusammen hier. Wie oft haben wir die Chance, mehr übereinander herauszufinden?"

Sie zuckte mit den Schultern, sah aber noch immer

nicht überzeugt aus. „Ehrlich? Gott, das klingt bestimmt so idiotisch, aber ich möchte in die Weinindustrie." Sie zuckte zusammen, als erwartete sie, dass er sie auslachen würde.

„Was ist daran idiotisch? Ich finde, das ist eine tolle Idee!"

„Tust du?"

„Hallo, schau dich um. Du bist im Weinland. Warum solltest du keinen Wein machen wollen? Das ist nur natürlich."

Sie strahlte. „Ich weiß, dass es, offensichtlich, Fähigkeiten bedarf. Sobald ich meinen Abschluss in Business habe, möchte ich zur Schule gehen und alles über Wein lernen."

„Das ist großartig. Wirklich. Du legst den Grundstein für Erfolg, indem du vorausplanst. Ich könnte nicht beeindruckter ein." Er schmierte ihr keinen Honig ums Maul. Sie hatte Ziele. Wie viele Menschen dachten, sie könnten ins Weingeschäft einsteigen, ohne einen Deut Erfahrung zu haben? Er hatte in seiner kurzen Zeit in Amerika bereits von einigen gehört, die Pleite gegangen waren. Es war leicht, als Außenstehender zu sagen, dass ein bestimmter Job oder Beruf einfach war, bis du selbst einen Schritt hinein und deine Hände dreckig gemacht und dann gesehen hattest, dass es kein Witz war. Riley wusste das alles nur zu gut vom Pub-Betrieb. Nicht, dass es ihnen schlecht ging – sogar weit entfernt davon. Doch selbst mit der Erfahrung, die sie vom elterlichen Restaurant in Irland, *The Crazy Yankee*, mitgebracht hatten, hatten nur die

Monate, die er und seine Brüder damit verbracht hatten, *The Stylish Irish* zu betreiben, sie wirklich gelehrt, dass es nicht so einfach war, wie es aussah.

Auch das sagte er ihr. „Als wir groß wurden, war es nicht ungewöhnlich, Jugendliche im Pub anzutreffen. Ohne zu trinken allerdings, doch sie saßen zusammen mit ihren Vätern oder Brüdern da und sahen sich ein Spiel an. Teenager, weißt du. Und es sah immer nach so viel Spaß aus. Der Barkeeper machte Witze mit den Gästen, trank mit ihnen, erzählte Geschichten. Sie waren jedermanns Liebling und sie selbst kannten die Namen und Familien ihrer besten Kunden. Es war wie eine große Familie. Man kann sagen, ich habe mich in dieses romantische Bild verliebt, als ich ein Junge war. Und das verstärkte sich nur, als meine Eltern ihren Pub, *The Crazy Yankee*, in Irland eröffneten."

„Bist du jetzt desillusioniert?", fragte sie.

„Nicht all zu sehr. Du weißt, wie wir alle im Restaurant sind. Es unterscheidet sich nicht so sehr von dem, was ich beschrieben habe, oder?"

„Nein, jetzt, da du es erwähnst. Du hast genauso viel Spaß."

„Genau. Aber da steckt verdammt viel harte Arbeit dahinter, weißt du? Harte Arbeit ist für niemanden von uns ein Fremdwort. Wir sind damit aufgewachsen. Andere waren vielleicht nicht so glücklich. Sie haben möglicherweise all die Überstunden, die Budgetkämpfe, das Anheuern von Mitarbeitern und das Verhandeln mit Lieferanten gesehen und bereits aufgegeben. Du machst es klug, lernst zuerst das Geschäftliche. Wenn die Sache ernst wird, wirst du mit Wissen bewaffnet sein und nicht aufgeben."

„Darauf, nicht aufzugeben." Erica hob ihr Wasserglas und er berührte es glücklich mit seinem eigenen Glas. Ihre Blicke trafen sich, während sie tranken, und er ertappte sich dabei, wie er lächelte. Sie war die Art von Person, der er sich öffnen konnte. Mit welcher anderen Frau würde er so sprechen? Normalerweise waren Frauen lustig. Er genoss sie. Doch Lucy war die einzige, mit der er je ernsthaft geredet hatte … bis er Erica getroffen hatte.

„Du hast mir etwas erzählt, das du nicht gerne teilen wolltest. Also erzähle ich dir nun etwas, um fair zu bleiben. Wie klingt das?" „Oh! Oh! Ja!" Sie klatschte in die Hände und brachte ihn zum Lachen.

„Okay, du darfst nicht lachen. Oder ich schwöre, dass ich dir nie wieder irgendetwas erzählen werde."

„Oh, das klingt sehr ernst." Ericas Gesicht wurde zu Stein.

Er schmunzelte. Dann gab er zu: „Ich kann tanzen."

Sie wartete mit einem offensichtlichen Blick der Anspannung. „Und?"

„Meine Mam hat uns dazu genötigt, Unterricht zu nehmen, als wir noch jünger waren. Jetzt kennst du mein tiefstes Geheimnis", sagte er und zuckte mit den Schultern.

Ihre Augen leuchteten auf. „Komm", sagte sie und zog an seiner Hand. „Tanz noch mal mit mir. Zeig mir, was du kannst."

„Warum tanzt du stattdessen nicht für mich?" Er lehnte sich zurück an die Polster der Sitzecke, seine Arme auf der Lehne ausgestreckt. „Ich will dir beim Tanzen zusehen."

Sie wurde rot. „Ich weiß nicht …"

„Was? Nur Gerede und keine Action? Komm schon. Was ist mit all der Prahlerei, die ich im Pub gesehen habe?"

Ihre Augen wurden schmal und ihr Kinn hob sich an, ein sicherer Beweis, dass sie dabei war, die Herausforderung anzunehmen. Sein Puls wurde schneller und er fragte sich, was sie für ihn auf Lager hatte.

KAPITEL ACHT

Er will eine Show, richtig? Na schön. Dann werde ich ihm eine Show geben. Er muss lernen, mich nicht herauszufordern.

Erica ging zurück auf die Tanzfläche, wo ihre Freundinnen mit ihren Drinks in den Händen zusammen tanzten. Marissa und Trinity aus der Schule und ihre Mitbewohnerin Jenna. Die drei hatten eine gute Zeit und fielen über sie her, als sie näher kam.

„Wie läuft's mit ihm?", fragte Jenna und lehnte sich vor. Sie wusste, wer er war, hatte ihn in der vorherigen Nacht reingelassen. Sie kannte ihn auch von den zahlreichen Momenten, in denen Erica sich wie besessen mit ihm beschäftigt hatte.

„Unsicher", antwortete Erica. „Gut, denke ich, aber er ist ein bisschen distanziert. Er will, dass ich für ihn tanze."

Jenna wich zurück, ihre Augen leuchteten. „Das klingt absolut nicht distanziert in meinen Ohren, Mädchen. Fang schon an." Sie gab Erica den Daumen nach oben. Erica fühlte sich etwas schwach in den Knien, wollte das aber nicht zeigen, jetzt, da sie Riley an der Angel hatte.

Ein neuer Song lief an und sie erkannte ihn sofort. Sie konnte ihr Glück nicht glauben. Es war zu perfekt. Prince's *Darling Nikki*. Der langsame, treibende Rhythmus füllte den Club und Erica begann, sich dazu zu bewegen.

„Gebt mir eure Drinks", sagte sie zu ihren Freundinnen, die ihr gehorsam ihre Gläser hinstreckten. Im Hinterkopf wusste sie, dass es keine gute Idee war, Alkohol zu mischen, doch sie brauchte etwas flüssigen Mut, um das durchzuziehen. Die Wärme des Alkohols ließ sich in ihrer Brust nieder, ihrem Bauch und darunter, füllte sie mit einem kühnen Entschlusssinn. Sie warf einen lässigen Blick über ihre Schulter und sah, wie Riley sie beobachtete. Gut. Lasst ihn zusehen. Sie sagte sich selbst, dass sie die Leute hier nie wieder sehen musste, wenn sie es nicht wollte, und fing an.

Langsam schwenkte sie ihre Hüften, formte eine Acht, dann brach sie an der Taille und beugte sich nach unten gen Boden, warf ihr Haar mit sich. Sie begann an ihren Knöcheln und bewegte ihre Hände langsam außen an ihren Beinen hoch, warf ihren Kopf zurück, als sie die Hüften erreichte.

Sie ließ eine Hand ihre Seite hinauf und zum Nacken hoch streichen, legte sich ihr Haar auf eine Seite. Auf der anderen Seite fuhr sie über ihren Bauch nach unten, dann legte sie sie um ihre Hüfte. Sie drehte sich mit geschlossenen Augen in Richtung Riley, dann zog sie ihre Hand durch ihr Haar, über ihr Gesicht und fing ihre Finger mit ihrem leicht geöffneten Mund, während sie nach unten wanderte. Sie berührte leicht ihre Brüste, bevor sie ihre Hand diagonal auf die andere Hüfte legte, sich selbst umarmte. Sie öffnete die Augen und fand Riley, der sie noch immer beobachtete. Er hatte sich zurückgelehnt, die Arme noch immer auf der Banklehne ausgestreckt. Sein Blick verfing sich mit ihrem.

Sie begann, ihre Hüften in langsamen Kreisen zum Rhythmus zu bewegen und drehte sich dabei. Sie kreiste ihren Kopf auf den Schultern, als wäre sie in Ekstase.

Wieder drehte sie ihm den Rücken zu. Sie begann, sich zu wölben und zu reiben, als stünde sie an einer Stange. Sie hätten genauso gut die einzigen Leute im Raum sein können, als Erica die kleine Show für ihn abzog. Nur für ihn.

Marissa und Trinity starrten sie an, schockiert von der totalen 180-Grad-Wendung in ihrem Verhalten. Jenna zog sie zur Seite.

Mittlerweile waren Ericas Beine schulterweit gespreizt. Sie bewegte ihre Hüften vor und zurück, während sie sich gen Boden bewegte, dann griff sie ihre Knöchel und streckte ihre Beine aus. *Er will meinen Arsch sehen? Hier ist er*, dachte sie. Sie schielte durch ihre offenen Beine zu ihm, um sicherzugehen, dass sie noch immer seine Aufmerksamkeit hatte, und die hatte sie. *Gott sei Dank.* Wenn er nicht mehr zugeschaut hätte, hätte sie sich vermutlich ein Loch in der Mitte der Tanzfläche gegraben und sich selbst hineingeworfen. Stattdessen fuhr sie mit ihren Händen langsam die Rückseite ihrer Beine entlang, während sie sich streckte.

Erica dreht sich zurück zu ihm und nun hatten sich seine Mundwinkel zu einem sexy Grinsen verzogen, das Pfeile der Hitze zwischen ihre Beine schickte. Abwechselnd ließ sie nun ihre Hüfte von einer zu anderen Seite schnellen und schlängelte sich wie eine Welle von ihren Brüsten zu ihrem Becken und wieder zurück. Sie warf ihm ihre Hüften zu, knabberte leicht auf ihrer Unterlippe und ließ den Blickkontakt nicht mehr abbrechen. In ihrem Kopf sagte sie ihm all die Dinge, die sie sagen wollte. Stellte sich alles bildlich vor, was sie je über ihn gedacht hatte, während sie sich selbst berührte. Sie wusste, es würde in ihrer Bewegung zum Vorschein kommen, und sie wollte, dass er es in ihren Augen sehen konnte.

Sie begann, die Aufmerksamkeit anderer Kerle anzuziehen – das war ziemlich eindeutig. Sie sahen zu, bewegten sich näher in ihre Richtung. Sie tanzten nicht, doch sie hatte das Gefühl, dass sie sie alle gerne unterbrechen würden. Der Song neigte sich dem Ende zu und sie fragte sich plötzlich, was sie zum Teufel tun sollte. Erica sah sich um und merkte, dass sich die Mädchen in die Menge zurückgezogen hatten und nicht mehr zu sehen waren.

Sie warf einen verzweifelten Blick zurück zur Sitzecke – nur um zu sehen, wie ein völliger Fremder das Gesicht einer anderen Fremden nahezu verschlang. Das war nicht, was sie zu sehen erwartet hatte, um es milde auszudrücken. Wie wild suchten ihre Augen den Raum ab.

Wo zum Teufel war Riley? Ihr Herz sank zu Boden, gefangen zwischen dem Gefühl, entblößt und verzweifelt zu sein, weil ihr Tanz umsonst gewesen war. Wenn er bereit war, einfach so wegzulaufen, konnte sie nicht allzu effektiv gewesen sein.

Der nächste Song begann, ein sexy Latino-Song, dessen Namen Erica zwar nicht kannte, sie hatte ihn aber definitiv schon gehört. *Oh, verdammt.* Sie fühlte sich wie ein kleiner Fisch, der kurz davor war, von Haien überfallen zu werden, als zwei unbekannte Typen näher kamen, jeder von einer Seite.

Plötzlich fühlte sie jemanden direkt hinter sich. Eine Hand schloss sich um ihre rechte Hand und bewegte sie zu ihrer anderen Hüfte. Sie bekam Panik, bis sie einen Blick auf den leuchtend weißen Hemdärmel erhaschte und eine Duftwolke vertrauten Parfums sich mit dem Geruch von Whiskey mixte, einem, den sie gelernt hatte, mit den O'Neill Jungs in Verbindung zu bringen. *Gott sei Dank*, dachte sie und entspannte sich an ihm, ließ sich von ihm führen.

Sie begannen, vor und zurück zu wippen, ihre Hüften bewegten sich im Takt, seine Hand führte ihre Bewegung. Sie war so froh zu wissen, wie man folgte. Und sobald die Erleichterung vergangen war, von Gott weiß was auf der Tanzfläche gerettet worden zu sein, wurde Erica sich nur allzu sehr der puren Kraft des Mannes bewusst, der sich an sie drückte – doch sie vertraute ihm, mit ganzem Herzen.

Und so folgte ihr Körper den Linien seines Körpers, während sie sich bewegten. Ihr Hintern presste sich an seinen Schritt, als ihre Hüften sich wiegend miteinander bewegten. Seine linke Hand wanderte ihren linken Arm hinunter und sobald er ihre Hand gefunden hatte, verflochten sich seine Finger mit ihren. Er legte ihre Hand an seinen Hals, dann strich er mit seinen Fingern die gesamte Länge ihres Armes herunter, bis zu ihrem Rumpf – eine absolute „Dirty Dancing"-Bewegung, die sie nach Atem ringen ließ und ihre Knie in Pudding verwandelten.

Sie hätte für immer in dieser Position bleiben können, doch Riley drehte sie plötzlich aus seinem Arm und zog sie dann zurück zu sich, dieses Mal blickte sie ihn an. Sie begannen zu tanzen, ihre Hand auf seiner Schulter, seine Hand mittig an ihrem Rücken.

Er bewegte sich wie flüssiger Sex, fließend, mühelos und er ließ sie gut aussehen, allein, weil er ein starker Führer war. Dennoch, sie hatte Mühe, mit ihm mitzuhalten. Sie achtete auf den Druck auf ihrem Rücken, ließ sich von ihm leiten.

Er drückte sie an sich – ob es näher als nötig war, wusste sie nicht, doch sie hatte kein Problem damit. Sie rief sich ihr eigenes, einstiges Tanztraining in Erinnerung, damals in der Highschool, und bewegte Hüften und Po so weich und verführerisch, wie sie konnte, fühlte, wie seine Hand über ihre Haut am Rücken glitt. Die Hand fiel auf ihre Taille und grub sich hinein. Ihr blieb der Atem im Hals stecken, während sich die Wärme zwischen ihren Beinen ausbreitete.

Er ließ ihren Rücken los und griff nach oben, um ihre Hand von seiner Schulter zu nehmen. Er bewegte sich ein oder zwei Schritte zurück und tanzte weiter, seine Taille verbog sich, seine Hüften schwangen, während sein Oberkörper absolut ruhig blieb. Sie folgte seinem Beispiel, ihre Gefühle für ihn flossen durch ihre Bewegungen. Sie hätten genauso gut alleine sein können, es war wieder so wie im Pub – nur dass sie sich während des Tanzes gegenseitig aufforderten, in Aktion zu treten.

Er drehte sie einmal, zweimal, dann packte er ihr freies Handgelenk und steckte es hinter sie, bog sie nach hinten, während er seinen eigenen Körper über sie beugte. Langsam richteten sie sich wieder auf und sein Mund streifte über ihr Dekolleté, bewegte sich dann über ihren Hals, um schließlich über ihrem Mund zu schweben. Für den Bruchteil einer Sekunde verharrten sie, dann drehte er sie wieder von sich weg.

Er zog sie wieder an sich, dieses Mal mit dem anderen Arm hinter ihr, brachte sie dazu, durch die Zähne einzuatmen. *Zisch.* In diesem Moment bestand die ganze Welt nur aus ihm, der mit einer Hand ihr Handgelenk umfasste, während die andere ihre Hüfte hielt und sie von einer zur anderen Seite schaukelten. Die Wende der Ereignisse ließ sie zittern. Ihr Gesicht war auf Höhe der obersten Knöpfe seines Shirts. Sie konnte den Schweiß auf seiner Haut sehen und kämpfte gegen den Drang, ihn abzulecken.

Was tat er mit mir? Sie wollte dem Alkohol die Schuld geben, doch sie konnte nicht. Es war Riley, der sie berauscht hatte. Ihre freie Hand wanderte seinen starken, muskulösen Arm hoch und hinunter, dann über seine

Schulter und zurück zu seiner Brust. Sie ließ sie dort ruhen und fühlte, wie sein Herz klopfte.

Es war nicht zu verkennen, wie er seinen Schritt bewusst an ihrem Oberschenkel rieb, während sein eigener Oberschenkel zwischen ihren Beinen ruhte und gegen ihr Innerstes presste. Erica musste sich an ihn lehnen, ihre Knie waren weich. Doch noch immer bewegte sie sich im Takt mit ihm, ihr Arm festgesteckt.

Sie überließ sich ihm und liebte es, presste die Kluft zwischen ihren Beinen härter an seinen Oberschenkel und behielt die Berührung bei, während sie sich bewegten. Ihre rechte Hand fuhr seine Brust entlang zu seinem Rumpf. Sie verhakte ihre Finger kurz in seinem Hosenbund, dann strich sie ihre Hand um seine Hüfte und umschloss seinen festen Po. Sie glaubte, ihn stöhnen zu hören, war sich aufgrund der Musik aber nicht sicher.

Sie wusste, dass er zu ihr heruntersah, konnte seinen Atem auf ihrer Schulter fühlen. Sie wich zurück, gerade weit genug, um ihm in die Augen zu sehen, und was sie sah, gab ihr fast den Rest.

Lust. Direkt, grenzenlos, unverschleiert. Sie war atemlos.

Die Hand, die ihren Arm festhielt, rutschte ihren Rücken hinunter, bis Riley ihr Handgelenk ganz losließ und ihren Po griff. Er zog sie noch näher an sich, sie bewegten sich kaum noch, ihre Körper aneinander gepresst. Sie war vollständig gelöst, verloren in der feurigen Leidenschaft, die in seinen Augen blitzte.

Die Dunkelheit umhüllte sie am Rande der

Tanzfläche. Erica konnte kaum atmen. Sie hatte sich noch nie in ihrem Leben so sinnlich gefühlt. Ihr Tanz war jenseits von Erotik und sie waren beide vollständig bekleidet und auf ihren Füßen.

Der Song war zu Ende, und dennoch standen sie genauso da, es schien wie eine Ewigkeit. Sie befanden sich an einer Kreuzung. Sie konnten sich voneinander loslösen und so tun, als wäre nichts passiert … oder sie konnten sich in den Abgrund ihres Verlangens stürzen.

Erica wollte eintauchen und nicht zurücksehen.

Der Ausdruck auf seinem Gesicht und die Härte, die gegen ihre Hüfte presste, sagten ihr, dass Riley es auch wollte.

Ihre Münder waren so nah. Erica konnte noch immer den Ausdruck der Lust in Rileys Augen sehen, als sich sein Blick in ihren brannte. Schließlich gab sie sich dem hin, was sie so verzweifelt wollte.

„Ja", flüsterte sie.

Ein Licht flackerte in seinen Augen. Die Hand auf ihrem Hintern verstärkte ihren Griff ein winziges bisschen und sein Mund schwebte über ihrem …

Und dann gingen die Lichter an.

„Ernsthaft?", grummelte er und ließ dann einige gälische Flüche los, die Erica nicht verstand, aber damit einverstanden war. Gerade jetzt musste die Nacht enden. Sie fühlte sich noch immer zittrig, benommen, musste sich wackelig an die Wand lehnen.

Er sah zu ihr herunter, enttäuscht und frustriert. Sie wusste, wie er sich fühlte.

Sie lösten sich voneinander. Dann fragte er: „Bist du noch immer mit diesem Typ zusammen? Diesem Rob?" Er spuckte die Worte aus, als wären sie ein Fluch.

Erica schüttelte den Kopf und Rileys Augen weiteten sich. „Nein. Ich habe ihn gestern Abend angerufen, nachdem ich mit dir geredet hatte." Sie wurde tiefrot.

„Wirklich?" Seine Augen suchten ihr Gesicht ab, als erwartete er, dass sie lachte.

„Wirklich. Ich habe ihm gesagt, dass ich nicht mehr mit ihm zusammen sein kann. Seitdem du zurück bist, konnte ich an niemand anderen mehr denken." Die Worte waren einfach, aber sie kamen direkt von ihrem Herzen. Es war furchtbar für sie gewesen, Rob zu verletzen, doch es gab keine Chance, dass sie mit ihm zusammen sein konnte, wenn Riley sich auf demselben Kontinent befand. Oder jeden Tag im selben Pub hinter der Theke stand.

Er kam näher, als wollte er sie küssen. Dann stoppte er sich selbst.

„Ich denke, wir sollten zu mir gehen. Sean ist heute Nacht nicht da." Er nahm ihre Hand, führte sie zu ihrer Sitzecke und holte ihre Jacken. „Willst du deinen Freundinnen Tschüss sagen?"

Erica drehte sich um. Sah ihre Freundinnen in der Ecke rumlungern. Sie signalisierte ihnen kurz, dass sie mit Riley gehen und sie anrufen würde. Sie lachten und winkten.

Dann gingen sie und Riley zur Tür hinaus.

KAPITEL NEUN

Er war noch nie so nahe dran gewesen, die Kontrolle über sich selbst zu verlieren, wie beim Tanz mit Erica. Sie hatten es quasi getan, direkt auf der Tanzfläche. Er hatte noch nie jemandem von den Tanzstunden erzählt, die seine Mutter ihn und seine Brüder nehmen ließ, als sie jünger waren. „Mädchen lieben Männer, die tanzen können", hatte sie immer gesagt. Zu der Zeit hatten sie sich alle ein bisschen albern gefühlt, Ausreden für ihre Freunde erfunden, damit niemand wusste, dass sie so etwas Peinliches taten, wie Tanzstunden zu nehmen.

Jetzt, mit Erica auf dem Beifahrersitz seines Wagens, wünschte Riley, seiner Mutter für ihre Voraussicht danken zu können. Es war Jahre her, seit er seine letzte Tanzstunde hatte, doch es war ein bisschen wie Fahrradfahren. Es kam zu ihm zurück, als er nicht zu sehr daran dachte und seinen Körper führen ließ.

Er schielte zur Seite und sah, dass Erica im Halbschlaf war. Er schauderte. Sie war eine kleine Person – er konnte sie problemlos über seine Schulter werfen – und er hatte den Überblick verloren, wie viel sie in dieser Nacht getrunken hatte. Bald nachdem sie den Club verlassen hatten, war nur allzu deutlich geworden, dass all die Drinks, die sie auf der Tanzfläche auf Ex getrunken hatte, zu viel gewesen waren. Sie war zu betrunken – es würde nichts passieren.

„Du bist ein toller Tänzer", lallte sie und lächelte übers ganze Gesicht.

„Du auch."

„Ich werde es niemandem sagen. Es bleibt unser Geheimnis." Sie zwinkerte.

Er musste schmunzeln.

„Danke." Sie fuhren schweigend weiter, bis er bei dem Haus ankam, das er mit Sean teilte.

„Wow", flüsterte sie, als er ihr aus dem Wagen half. „Ich wusste nicht, dass ihr Jungs so lebt." Er lächelte, sagte aber nichts. Es war ein niedliches Häuschen, doch weit entfernt von den Villen, die nur einige Minuten entfernt lagen und die Landschaft übersäten, die Hügellandschaft und die Weinberge sprenkelten.

Er hielt sie an der Taille, als sie den Plattenweg zur Eingangstür hinaufgingen. Sie brauchte etwas Hilfe, um geradeaus zu gehen.

„Ich habe etwas … weniger Gemütliches … erwartet." Sie schmälerte die Augen und sah sich das Haus von außen an.

„Ich glaube, du siehst das Ganze durch die Bier-Brille", sagte er nicht unfreundlich. „Es ist nicht ganz so großartig." Es war jedoch sehr schön und er schätzte ihre Wertschätzung. Sie waren nicht reich, doch mit dem Geld von dem Verkauf ihres Hauses in Irland und dem Geld, das von der Lebensversicherung ihrer Eltern übrig geblieben war, hatten sie genug Geld gehabt, um das Restaurant zu eröffnen und einen ziemlich großen Notgroschen zu behalten.

Riley und seine Brüder hätten alles ohne zu zögern abgegeben, um ihre Eltern zurückzubekommen.

Er hatte zuvor mit Sean gesprochen und dieser verbrachte die Nacht bei einem Kumpel aus der Schule, um an einem Gruppenprojekt zu arbeiten. Riley hatte gehofft, dass Erica mit ihm nach Hause gehen würde, dass sie weit mehr tun würden, als sich nur am Telefon gegenseitig zu befriedigen, doch das konnte nicht passieren, solange sie nicht vollständig nüchtern war. Wie aufs Stichwort fing sie an zu schwanken und hickste, um Riley daran zu erinnern, wie viel sie getrunken hatte. Ihr Atem roch nach Alkohol. Rum, dem Geruch nach.

„Was zur Hölle hast du heute Nacht getrunken, Liebling?", flüsterte er und fuhr seine Hände über ihren Rücken.

„Oh, ich weiß nicht." Sie wich zurück und dachte nach. „Einen Tequila-Shot, den ich gar nicht mag, aber Jenna hatte ihn schon gekauft. Einen *Redheaded Slut*." Sie kicherte. „Und … oh, was auch immer meine Freunde in ihren Händen hatten, bevor ich anfing zu tanzen. Ich denke, einer war ein *Mind Eraser*."

Das war er gewesen. Keine Spielzeit für die beiden.

Erica schien jedoch anderer Meinung zu sein, denn sie lehnte sich für einen weiteren Kuss vor. Als er seine Hände auf ihre Schultern legte und sie leicht wegdrückte, quengelte sie ein bisschen.

„Was ist los? Werden wir nicht … du weißt schon, *Sex haben*?", flüsterte sie laut.

Er schaltete die Nachttischlampe ein und sie blinzelte. Ihre Augen waren trübe, leicht unkoordiniert.

Er biss sich auf die Lippen, um ein Lachen zurückzuhalten. „Nicht heute Nacht, Liebes. Du bist ein bisschen betrunkener, als ich ein Mädchen haben möchte, wenn ich es mit ins Bett nehme."

„Buh. Du bist ein Spielverderber." Sie setzte sich hart auf die Bettkante, schwankte dabei leicht. „Ich dachte – hicks – du willst mich."

„Glaube mir, es ist nichts gegen dich. Du bist entzückend und ich will dich. Nur nicht so, okay? Nicht betrunken. Ich will, dass du in der Lage bist zu entscheiden, ob du es tun willst oder nicht."

„Ich will es tun."

„Richtig, aber wenn das wahr ist, dann willst du es auch noch, wenn du nüchtern bist. Okay?"

„Buh." Sie starrte ihn an.

„Ja, buh. Richtig. Ich bin fies." Er ging einen Schritt zurück und betrachtete sie. Sie war ein wunderschönes Fiasko.

„Warum nimmst du nicht eine Dusche?", fragte er. „Das könnte dabei helfen, einen klaren Kopf zu bekommen."

„Gute Idee. Ich finde, du solltest mitkommen."

Er lachte erneut, doch selbst er hörte den verzweifelten Ton darin. „Nein, Madam. Du duschst alleine."

Sie stand auf. „Kannst du mir wenigstens beim Ausziehen helfen?" Sie begann damit, ihr Tanktop hochzuziehen, und Riley drückte ihre Hände hinunter.

„Du kommst schon ganz gut alleine klar, Liebes." Jesus, warum führst du mich so in Versuchung? „Ich gebe dir meinen Bademantel und drehe das Wasser auf. Du kommst rein, wenn du fertig bist." Er vertraute sich nicht genug, um ihr zu helfen. Wenn sie einmal nackt wäre, würde er sich nicht mehr kontrollieren können. Nicht, wenn diese Schmolllippen danach bettelten, geküsst zu werden.

Er verließ den Raum und ging zur Dusche. Er spähte zu seinem Spiegelbild über dem Waschbecken und schüttelte den Kopf. Keine Chance, Riley. Reiß dich zusammen. Es war Folter, der Starke sein zu müssen, auch wenn es sich von selbst verstand. Er war halb versucht, hinein zu springen und das Wasser auf eiskalt zu stellen, einfach um sich selbst dabei zu helfen, ihr zu widerstehen.

Stattdessen drehte er es auf warm und wartete darauf, dass Erica mit Ausziehen fertig war. Sie betrat das Badezimmer, eingehüllt in seinen Bademantel. Natürlich wollte er ihn ihr sofort vom Leib reißen, doch er öffnete den Duschvorhang für sie.

„Treten Sie ein", sagte er und drehte sich um. Sie war ein braves Mädchen und gab ihm den Mantel erst, als sie drinnen war und den Vorhang geschlossen hatte. Riley dankte dem Herrn für die kleinen Wunder und war überzeugt, dass Er wusste, dass Riley nicht mehr ertragen konnte – und Mitleid mit ihm hatte. Er konnte ihren verschwommenen Körper durch den Vorhang sehen – er konnte keine Details erkennen, doch es gab ihm einen guten Eindruck davon, wie sie aussah. Schlank und kurvig und einfach köstlich.

„Bist du okay da drinnen?", fragte er mit fester Stimme.

„Ja, danke", antwortete sie und lallte noch immer ein wenig. Er hörte das Plätschern des Wassers.

Er setzte sich auf den geschlossenen Toilettendeckel und ließ seine Vorstellung mit ihm durchgehen. Er war schließlich kein Mönch. Er konnte nicht anders. Wie sah sie hinter dem Vorhang aus? Wenn das Wasser ihr in kleinen Bächen über die bloße Haut lief? Wie würde sie sich an ihm anfühlen?

Seine Hose wurde enger und er rieb eine Hand über die wachsende Ausbeulung. „Wie läuft es?", fragte er mit leicht kratzender Stimme.

„Okay." Sie klang unglücklich. Er konnte ihren Frust nachvollziehen. Er wollte sich in ihr versenken, anstatt ihr beim Duschen zuzuhören.

Nur zuhören …

Er wurde härter. Sie hatte eine wundervolle Stimme, besonders wenn sie angeturnt war. Und sie schreien zu hören, als sie den Orgasmus genoss, zu dem er ihr verholfen hatte, war überwältigend gewesen. Sie waren beide frustriert und wollten mehr ... also warum nicht?

„Bist du angeturnt?", fragte er freiheraus.

„Was?"

„Ich sagte, bist du geil?"

„Das weißt du doch", murmelte sie nachtragend.

Er lächelte. „Warum berührst du dich nicht für mich?", fragte er. „Lass es dir gutgehen. Lass mich dir zuhören, genauso wie du es am Telefon gemacht hast. Nur dass ich hier sein werde. Dich hören *und* sehen kann, wenn auch nur durch den Schleier dieses verdammten Duschvorhangs."

Lange Pause. „Ich weiß nicht ..."

„Du hast es schon mal getan", wies er darauf hin. „Ich habe dich bereits gehört. Ich will dich wieder hören."

„Aber du hast bereits zugegeben, dass du mich jetzt sehen kannst ..."

„Und du bist eine Göttin, Erica. Gott, ich will dich so dringend."

„Du kannst mich ganz haben", erinnerte sie ihn.

„Nicht im Moment", antwortete er. „Doch bald. Komm schon. Willst du dich nicht gut fühlen?"

Sie zögerte, doch dann sah er, wie sich ihre Hände über ihre Brust bewegten. Sein Kiefer verkrampfte sich, er widerstand dem Drang, seinen pochenden Schwanz herauszuziehen und zu streicheln. Er wollte sie nicht verängstigen – wenn er sie sehen konnte, konnte sie auch ihn sehen.

„Ist das nicht schön?", fragte er sanft. „Fühlt es sich nicht gut an, deinen Körper zu berühren?"

„Mmm-hmm", stöhnte sie.

Riley glaubte, sie würde mit ihren Nippeln spielen und er sehnte sich danach, ihre Hände mit seinen zu tauschen – oder noch besser, mit seinem Mund.

„Das ist richtig, Baby. Spiel mit dir selbst. Tu, was dir gut tut. Lass mich hören, wie du dich selbst genießt."

Sie wimmerte atemlos und er sah zu, wie ihre Hand nach unten wanderte. Es war eine Qual, ihr zuzusehen, aber nicht in der Lage zu sein, mitzumachen, und dennoch konnte er seine Augen nicht von ihr nehmen.

Sie keuchte, als sie eine Hand zwischen ihre Beine gleiten ließ. Sie platzierte einen Fuß auf dem Rand der Wanne und spreizte ihre Oberschenkel. Rileys Blick klebte an ihr, seine Ohren auf ihr leises Stöhnen und ihr Wimmern fixiert, das sie ausstieß, während sich ihre Hand vor- und zurückbewegte.

„Ja, Liebes. Mach dich selbst verrückt. Lass dich selbst kommen. Lass alles los." Er hätte vor Sehnsucht sterben können, als ihr leises Keuchen lauter wurde. Sie spreizte ihre Beine noch weiter und beide Hände verschwanden.

„Fickst du dich selbst?", fragte er.

„J-ja." Er hörte nasse, rutschende Geräusche, als sie ihre Finger in ihre Tiefen schlug, während das Wasser aus dem Duschkopf plätscherte. Sie atmete mit kurzem, zerfetztem Keuchen, das immer lauter wurde, je näher sie kam.

„Komm für mich. Lass mich dich hören", bettelte er atemlos und pulsierte für sie.

„Oh-oh! Riley! O Gott!" Sie schauderte, keuchend, lehnte sich an die Wand. Hohes Stöhnen erfüllte den Raum, als sie kam. Dann seufzte sie zufrieden.

Das einzige Geräusch im Raum war ihr Atem und der Klang des Wassers, das aus der Dusche kam. Er hörte zu, als sie sich berührte, als ihr Atem langsamer und gleichmäßiger wurde. Sie seufzte und stöhnte dabei leise. Riley biss sich auf die Lippe, noch immer mit dem verzweifelnden Bedürfnis, sie zu haben.

Wenn sie es endlich auf die Reihe kriegen würden, miteinander zu schlafen, würde es explosiv sein.

Er stand mit reuevollem Grinsen auf und wünschte, dass der Moment nicht enden würde. „Ich bring dir etwas, was du im Bett tragen kannst", sagte er und verließ den Raum, bevor sie antworten konnte. Er umfasste seinen Schwanz, brachte sich wieder in Ordnung. Er wollte so dringend kommen, entschied aber zu warten, bis die Zeit da war. Es schien wichtig zu sein, sich für sie aufzuheben, so merkwürdig es selbst für ihn klingen mochte. Er wollte das Warten lohnenswert machen.

Er fand ein T-Shirt, von dem er glaubte, dass es nicht allzu riesig für sie sein würde, und legte es gefaltet auf das Waschbecken. „Ich werde auf dich warten", sagte er, entkleidete sich dann bis auf seine Shorts und kletterte ins Bett. Es würde nicht leicht sein, sich ihr zuliebe zurückzuhalten, doch er würde sich nicht erlauben, die Kontrolle zu verlieren. Sie war zu besonders, um Schindluder mit ihr zu treiben.

Als sie herauskam, das Haar in einem unordentlichen

Knoten, ihr kleiner Körper, der in seinem Shirt unterging, schlief er schon halb. „Mach das Licht aus", bat er und streckte den Arm nach ihr aus. Sie tat es und der Raum war dunkel, bevor sie zu ihm ins Bett kroch. Ihr nasses Haar berührte seine Brust und innerhalb weniger Minuten schliefen sie beide tief.

KAPITEL ZEHN

Als sie aufwachte, erinnerte sich Erica zuerst nicht, wo sie war. Ihr Herz machte einen Sprung und sie zuckte überrascht zusammen. Sie erkannte den Raum überhaupt nicht wieder.

Dann kam alles zurück. Mit ihm im Club. Wie sie getanzt hatten. Ihre Haut färbte sich rosa, als sie sich daran erinnerte. Dann errötete sich noch mehr, als sie sich an die Dusche erinnerte.

O Gott, was hatte sie getan? Sie war sich sicher, Riley musste denken, dass sie verrückt sei, sich so zu verhalten. Sich selbst zu berühren, sich für ihn zu befriedigen.

Doch auf der anderen Seite … war es nicht alles seine Idee gewesen?

„Guten Morgen."

Sie keuchte und schnellte nach oben, sah, wie er sie anlächelte.

"Sorry, ich wollte dich nicht erschrecken."

„Oh, kein Problem." Sie war sich nicht sicher, was los

war. Mit ihm aufzuwachen, war eine Sache. Sich wie ein Trottel zu fühlen, machte alles noch verwirrender. Was erwartete er von ihr? Plötzlich, obwohl sie wusste, dass es absurd war, war sie sich sicher, dass er wollte, dass sie ging.

Sie hätte nicht falscher liegen können, und als sich seine Arme fest um sie legten, schmolz sie in seiner Umarmung. In der Nacht zuvor war sie nicht im Zustand gewesen, seinen Körper angemessen zu bewundern. Jetzt, da sie wach war, nahm sie sich die Zeit, ihn mit ihren Augen zu erkunden. Seine kräftigen, starken Schultern und seinen Bizeps. Die feste Brust. Sie hatte gesehen, wie er Bierfässer trug, als wären sie Luft, und jetzt verstand sie, wie das möglich war.

„Wie fühlst du dich?", fragte er und sie hörte das Schmunzeln in seiner Stimme. Er neckte sie, weil sie sich betrunken hatte.

„Mir geht es gut, danke." In Wahrheit fühlte sie sich etwas benommen, doch die Wohltat seiner Arme um sie machten jeden Kater zunichte, an dem sie möglicherweise leiden konnte. Nichts war wichtiger, als bei ihm zu sein. Ein Traum wurde wahr. Wie viele Nächte hatte sie sich nach einem Moment wie diesem gesehnt? Sie schloss die Augen, entschlossen, ihn voll und ganz in sich aufzunehmen.

„Du warst ziemlich ... amourös letzte Nacht", murmelte er. Sein Atem zerzauste ihr Haar.

Sie presste ihr Gesicht an seine Brust, glühte bei der Erinnerung. „Du brauchst es mir nicht unter die Nase zu reiben", brummte sie.

„Ich necke dich nur, Liebes. Glaube mir, es war nicht leicht, nein zu sagen. Es hat mir jeden Funken an Kraft gekostet."

Sie wagte, ihn anzusehen. Er lächelte nicht. „Wirklich?"

„Wirklich. Ich habe sämtliche Engel und Heiligen gebeten, mir zu helfen. Es war eine knappe Angelegenheit."

Sie stützte sich fasziniert auf. „Du wolltest nichts tun, weil ich betrunken war?"

„Natürlich nicht. Was denkst du, welche Art von Mann ich bin?"

Ein Einhorn, dachte sie ironisch. „Es ist nur nicht so verbreitet, das ist alles."

„Meine Mam und mein Dad haben mich besser als das erzogen", sagte er. „Und sie würden zurückkommen und mich grün und blau schlagen, wenn ich jemals eine Frau ausnutzen würde. Da bin ich mir sicher."

Sie wünschte, ihm sagen zu können, wie viel seine Worte ihr bedeuteten, doch es gab keine Möglichkeit, ihren Gefühlen einen Sinn zu geben. Er würde sie auslachen oder glauben, sie würde zu viel darüber nachdenken. Nur eine Frau konnte verstehen, wie viel es bedeutete, sich so sicher und beschützt zu fühlen.

Anstatt zu versuchen, ihre Gefühle in Worte zu verpacken, küsste Erica ihn. Er zögerte nur für einen Sekundenbruchteil, dann vergrub er seine Hände in ihrem Haar und drückte seine Lippen an ihre. Sie schwelgte in seiner Berührung, dem Gefühl seines Körpers unter ihrem. Sie ließ los, ließ alles gehen, was sie schon so lange mit sich herumgetragen hatte. All die Zeit, in der sie sich danach gesehnt hatte, ihn zu berühren. All die Nächte, in denen sie davon geträumt hatte, in seinen Armen zu liegen. Sich vorgestellt hatte, wie seine Lippen schmeckten.

Mit einem Knurren rollte er sich auf sie, während er sie noch immer küsste. Er wollte also die Kontrolle haben. Erica hatte kein Problem damit und übergab sie ihm gerne.

„Ich muss dich schmecken, und zwar nicht in deinem Mund", flüsterte er wild knurrend. Sie war schockiert und sofort doppelt so feucht, wie sie von dem Kuss bereits gewesen war. Sie fragte sich, wer bei vollem Verstand solch ein Angebot ausschlagen würde.

Sie knabberte auf ihrer Lippe, was ihn eindeutig verrückt machte, und nickte. Er küsste sich ihren Körper hinunter, schob das T-Shirt hoch, das er ihr gegeben hatte. Seine Lippen streiften ihre Haut und sie zitterte, als er immer tiefer ging. Sie bäumte sich auf, als er die Stelle erreichte, wo sich ihre Oberschenkel trafen, und er machte kurzen Prozess mit ihrer Unterhose.

Sie hatte kaum Zeit, schockiert zu sein, als seine Zunge auch schon an ihr war. Er leckte ihre geschwollenen Lippen, trieb sie damit in den Wahnsinn. „O! Mein! Gott!", keuchte sie und steckte sich die Faust in den Mund, um sich zum Schweigen zu bringen, hatte das Gefühl zu explodieren, bevor er überhaupt tiefer ging. „Oh, das ist so gut ...", flüsterte Erica und drückte Rileys Kopf noch enger an sich, mahlte sich selbst an seinem Gesicht. „Bitte, mehr, mehr", bettelte sie und er stöhnte zur Antwort. Die Vibration seines Grummelns erregte sie noch mehr. Die extreme Erregung bereitete ihr nahezu Schmerzen.

Riley lächelte zu ihr hoch, ein teuflisches Grinsen, seine braunen Augen blitzten. Sie wusste, dass er es liebte, wie verrückt er sie machte, und fragte sich, ob es die Rache für die vorherige Nacht war. „Du schmeckst so gut", sagte er. „Ich will mehr von dir." Seine Zunge wanderte tiefer, glitt durch ihre Lippen, schleckte ihre Falten.

Sie explodierte quasi, ihre Hüften schossen nach oben. Er machte immer weiter, leckte und saugte an ihr, während sie sich krümmte und stöhnte. Je mehr sie ihre Hüften bewegte, desto härter und schneller bewegte sich seine Zunge.

„Riley … O Gott! Ja", flüsterte sie und kam härter als je zuvor in ihrem Leben. Sie glaubte, vor Intensität in Ohnmacht zu fallen – es war besser als unter der Dusche, besser als am Telefon, besser als alles, was sie je gefühlt hatte. Er hielt ihre Oberschenkel fest, die drohten, seinen Kopf durch die Macht des Orgasmus' zu zerquetschen, und ließ sie weitermachen, bis sie wimmernd und nach Luft heischend da lag und von Zeit zu Zeit zitterte.

Er küsste sie zärtlich zwischen ihre Beine, noch einmal, bevor er sich wieder über sie bewegte. Instinktiv wickelte sie ihre Beine um seine Taille, wollte ihn in sich hineinziehen.

„Das war unglaublich", nuschelte sie in sein Ohr. „Danke." Er hielt sie, küsste ihre Stirn, ihre Nase, ihre

Wangen. Ihren Mund. Sie öffnete die Augen und sah, wie er das sexy Lächeln lächelte, das sie von Beginn an angezogen hatte. Sie wusste, dass sie noch nicht am Ende waren, und ihr Körper antwortete erwartungsvoll.

„Ich will dich", flüsterte Riley, seine Stimme brüchig vor Verlangen. Er stieß seine Hüften gegen sie und stöhnte, als seine Erektion ihre Hüfte berührte. Er war heiß, pulsierend. „Ich will dich so sehr, es bringt mich um."

Sie fuhr ihre Hände seine starken Arme hinauf bis zu den Schultern, legte sie dann um seinen Hals. Ihre Stirn berührte seine und Erica konnte spüren, wie sein heißer Atem sich mit ihrem vermischte. Sie konnte es nicht glauben, dass ihre Fantasie Wirklichkeit wurde. Ihr Herz war kurz davor, vor purer Freude zu platzen.

„Ich will dich in mir haben", flüsterte sie zurück.

Alles, was sie in einem Jahr voller Fantasien je sagen und tun wollte, war plötzlich real. Sie konnte die Worte kaum glauben, die aus ihr herausströmten, wie vollkommen dreist sie zu sein schienen. Die ganze Zeit über hatte sie sich verletzlicher gefühlt als je zuvor in ihrem Leben – doch irgendwie vertraute sie ihm. Vielleicht weil er sie nicht ausgenutzt hatte, als er die Möglichkeit gehabt hatte.

Sie rollte sich auf ihn, wollte es für immer andauern lassen. Er trug noch immer seine Shorts, sein harter Schwanz drückte sich offensichtlich gegen die Baumwolle ab. Erica begann, ihre Hüften an ihm zu wippen, liebte das Gefühl, während sie gleichzeitig in der Sicht eines fantastischen Mannes schwelgte, der sich unter ihr ausstreckte.

Sie machten genau so weiter: Erica, die ihn ritt und nach unten drückte, bis er sie anbettelte aufzuhören. „Ich kann nicht mehr lange so weitermachen", nuschelte er durch seine zusammengepressten Zähne. Sie grinste triumphierend.

Seine Augen waren geschlossen, sein Gesicht zur Wand gedreht. Sie nahm sein Kinn in die Hand und drehte sein Gesicht zu sich. „Schau mich an", flüsterte sie. *Sieh mich an. Sei bitte hier bei mir*, bettelte ihr Herz. Sie musste wissen, dass er voll und ganz bei ihr war und an niemand anderen dachte. Nur sie. Sie wollte sich vollständig mit ihm verbunden fühlen.

Also sah er ihr tief in die Augen, als ihre Hüften langsamer wurden. Irgendwann lagen sie beide ruhig da. Sahen sich nur gegenseitig an. Sie küsste ihn erneut, drückte ihren Körper an seinen. Seine Hände gruben sich in ihren Po, kneteten ihn. Sie keuchte, hob ihren Kopf und warf ihn zurück. Er schnappte sich ihren Hals, arbeitete sich dann weiter zu ihren Brüsten. Ihre Arme bebten, als sie sie nach oben hielt, sodass er jeden Zentimeter von ihr küssen konnte. Es war mühevoll, das Stöhnen, das in ihr brodelte, zu kontrollieren. Doch ihnen beiden zuliebe blieb sie still.

„Auf deine Hände und Knie", flüsterte er und hob sie von sich. Sein kommandierender Tonfall schickte ihr ein Schaudern durch den Körper. Sie tat, wie ihr geheißen, machte gerne mit. Es sah ihr absolut gar nicht ähnlich –

normalerweise wäre sie nie so kühn bei einem ersten Mal. Doch hatte er sie nicht bereits dazu gebracht, ihre Grenzen zu durchstoßen? Und sie liebte jede Sekunde. Es war, als öffnete Riley eine neue Seite an ihr, die immer dagewesen war – schmutzig, schamlos, lüstern. Wenn es um Sex ging, war sie immer das langweilige Mädchen gewesen und sie wusste nun, dass es daran gelegen hatte, weil sie zuvor nie solch eine intensive Leidenschaft gefühlt hatte. Sie hatte sich noch nie so weggefegt gefühlt, so begierig darauf, neue Sachen auszuprobieren.

Als sie auf ihre Hände und Knie ging, hörte sie ihn hinter sich, wie er seine Shorts auszog, dann das Knistern von Plastik und das Überziehen eines Kondoms. Sie wimmerte, bäumte ihre Hüften, um ihm zu sagen, wie ungeduldig sie wartete, und endlich positionierte er sich hinter ihr. Sie fühlte einen Druck an ihrem Eingang und zitterte erneut bei dem Gedanken an das Bevorstehende.

„Bist du okay?", fragte er und sie hörte den Ernst in seiner Stimme.

Ihr Herz öffnete sich ihm und sie antwortete in absoluter Ehrlichkeit.

„Fick mich", stöhnte sie. „Bitte, Riley."

Er stöhnte. „Es wird mir ein Vergnügen sein", dann nahm er sie an den Hüften und stieß in sie hinein. Die Wucht ließ sie um Atem ringen, dann stöhnte sie durch ihre zusammengepressten Zähne, als er sie ausfüllte. Er war in ihr. Endlich in ihr. Sie war sich sicher zu träumen, doch auf der anderen Seite fühlten sich Träume nie so gut an.

Er begann, sich zu bewegen, zuerst langsam. „Ich wollte das so sehr", brummte er, als er seinen heißen Schwanz rein und raus pumpte.

„Ja … ja … ja, Baby", feuerte sie ihn an, flüsterte zustimmend bei jedem harten, tiefen Stoß. Sie wurde mit einem weiteren Stoß belohnt, dieses Mal noch härter. „Ja, genau so. Tiefer … härter … mehr …" Sie wusste, er liebte es, denn er stöhnte jedes Mal, wenn sie ermutigend murmelte.

„Sag es nochmal", grunzte er und legte seine flache Hand gegen ihre Arschbacke. Sie keuchte und stöhnte dann, als sich die Lust intensivierte.

„Ich will tiefer!", hechelte sie. Ein weiterer harter Stoß. Ein weiterer Schlag. Sie fühlte die Erregung in ihrem ganzen Körper.

Sie drückte sich gegen ihn, passte sich seinen Stößen an. Sich nur auf ihren Knien abstützend, griff sie nach hinten und wickelte ihre Hände um seinen Nacken. Sie brauchte ihn ganz, nicht nur seinen stoßenden Schwanz, sondern auch seine Hände, seinen Mund. Ihr Bedarf war überwältigend, verbrannte sie von innen. Sie zog ihn zu sich für einen tiefen, verzweifelten Kuss.

Seine Hände verließen ihre Hüften und umfassten ihre Brüste, kneteten sie, als sie einander ritten. Sie stöhnte in seinen Mund, als die Spannung in ihrem Kernstück enger und enger wurde, drohte zu platzen.

Er beendete den Kuss und sie flüsterte seinen Namen wieder und wieder, als sie buckelte, dem Ende nahe. Eine seiner Hände griff ihr Haar und zog, neigte ihren Kopf, um ihren Hals für seinen Mund zu entblößen. Sie keuchte und stöhnte und redete quasi in fremden Zungen, die Leidenschaft fegte durch sie hindurch, ließ sie zurück, nach mehr bettelnd.

„O mein Gott, Liebling ... du schmeckst so gut ... du fühlst dich so gut um mich herum an", flüsterte er in ihr Ohr, bevor er in ihr Ohrläppchen biss.

Erica zitterte, noch immer mit pulsierenden Hüften, während er sich rein- und rausbewegte. Eine seiner Hände wanderte zu ihrem Bauch, bis sie ihren Hügel umfasste. Seine Finger fanden ihre Klitoris und streichelten sie im Takt mit seinen Stößen und dann war es zu viel – seine Erektion, die sich rein- und rausbewegte, sein Mund, der an ihrem Nacken saugte, das Liebkosen seines flinken Fingers auf ihrem pulsierenden Knopf.

Sie war vollkommen verloren, reine Wonne strömte durch ihren ganzen Körper, zündete in ihrem Inneren ein Feuer an. Er begann, schneller und schneller zu stoßen, die eigene Explosion war nicht mehr weit. Erica erreichte die Schwelle. „O – o Gott – Riley! Ja!" Sie erreichte die andere Seite, keuchend, bebend, kämpfend, um die Schreie zu unterdrücken, die sie ausstoßen wollte.

Sekunden später hörte sie ihn an ihrer Schultern stöhnen, als die Erlösung ihn übermannte. Er hielt sie nah an sich, zitterte ein wenig, als er fertig war.

Sie konnte es nicht glauben. Selbst als ihr Innerstes gebebt hatte, hatte sie nicht glauben können, dass sie es getan hatten und dass es so unerträglich gut gewesen war. Besser, als sie jemals geträumt hätte.

Sie versuchte, sich so graziös wie möglich aufs Bett zu legen, dann überkam sie Panik. Was nun? In der Dunkelheit, mitten in der Nacht, war es etwas anderes, sich in Leidenschaft zu verlieren. Im hellen Tageslicht auf der anderen Seite? Bei ihm zuhause, ohne Auto? Würde er wollen, dass sie ging?

Wie sich herausstellte, hatte sie keinen Grund zur Sorge. Sobald er seine Augen geöffnet hatte und sich auf seinem Rücken ausgestreckt hatte, griff er nach ihr. Begierig und erleichtert legte sie ihren Kopf auf seine Brust. Sie hörte seinem starken, schnellen Herz zu. Es wurde langsamer, als seine Brust sich hob und senkte, passte sich Ericas Herz an, sobald sie sich entspannte. Sie war noch nie so glücklich gewesen.

KAPITEL ELF

Erica schlief wieder ein, doch er nicht. Er war hellwach. Es fühlte sich an, als hätte er Erica schon immer gewollt, und trotzdem war er, nachdem er sie nun gehabt hatte, erstaunt, wie gut es gewesen war. Wie anzüglich und leidenschaftlich und dennoch liebevoll und süß zur gleichen Zeit. Er hatte angenommen, dass sie beim ersten Mal miteinander etwas ungeschickt sein würden, bis die Hitze es ihnen unmöglich machen würde, sich zu kontrollieren. Doch es war alles andere als ungeschickt gewesen. Es hatte sich richtig angefühlt, als wären sie dazu bestimmt, so zusammen zu sein.

Als wären sie schon immer füreinander bestimmt gewesen.

Er hatte sie so verzweifelt gewollt, doch die Sache war: Er fühlte sich noch immer verzweifelt. Nicht nur danach, es noch einmal mit ihr zu tun, sondern sie zu behalten. Und das machte ihn ausgesprochen verletzlich.

Erica war ein tolles Mädchen – mit Sicherheit eines

der besten. Klug, wunderschön, mit einem abgefahrenen Sinn für Humor und der Fähigkeit, die Dinge zu nehmen, wie sie kamen. Sie konnte sich gegen ihn und seine Brüder behaupten, was kein kleiner Kraftakt war. Außerdem war sie bezaubernd, unkonventionell und sonderbar. Mit anderen Worten: perfekt.

Er realisierte, dass ihn das am meisten störte. Sie war perfekt und er war alles andere als das. Würde er sie enttäuschen? Der Druck war größer, als ihm angenehm war, und er wusste nicht, wie er damit umgehen sollte. Er lag lange Zeit da und überdachte die Dinge, fragte sich, ob er einen Fehler beging, indem er eine perfekte Frau wie sie so nahe an sich heran ließ.

Sie sah wie ein Engel aus, wenn sie schlief. Die frühe Morgensonne leistete ihren Beitrag, sie wurde durch die Vorhänge gefiltert und kreierte einen Heiligenschein um ihren Kopf. Sie atmete weich und gleichmäßig, der Unterschied zur rabiaten Teufelin, die sie noch vor einer Stunde war, als sie ihren Arsch zurückpresste, ihn in sich hineindrückte und wieder aus sich herauszog, könnte kaum größer sein. Er sehnte sich danach, sich auszustrecken und sie zu berühren, doch er hielt sich zurück. Er würde sie nur aufwecken und er wollte sie nicht stören, wenn sie so friedlich schlummerte.

Ihre Gesichtszüge waren wie Poesie, flossen nahtlos ineinander über. Er war nahezu überwältigt von ihrer Schönheit, so wie sich eine Person bei dem Anblick von etwas wahrhaft Inspirierendem fühlte. Er erinnerte sich an einen Road Trip, nicht lange nachdem er in Amerika angekommen war. Er war stundenlang gen Norden Richtung Humboldt County gefahren, um die Redwoods persönlich zu sehen. Ihr Ausmaß hatte ihn sprachlos gemacht, vollkommen in Staunen versetzt. Erica beim Schlafen zuzusehen, gab ihm ein ähnliches Gefühl.

Nach einer Weile rührte sie sich, wachte langsam auf. Er beobachtete, wie sich ihre Augen öffneten, die haselnussbraunen Tiefen auf ihn gerichtet. Sie lächelte langsam und verschlafen.

„Hey", flüsterte sie und griff nach ihm. Er nahm ihre Hand und küsste ihre Fingerspitzen.

„Selber hey."

Sie hielten sich an der Hand und sahen einander an. Er hatte sich noch nie so offen, so verletzlich gefühlt. Das machte ihm noch immer Angst, da er ein Gefühl wie dieses noch nie erfahren hatte, doch ein Teil von ihm wusste bereits, wie wertvoll diese Gefühle waren.

„Bist du okay?", fragte er. „Hast du Hunger?"

„Ähm, Hunger nicht wirklich. Doch definitiv okay." Sie grinste.

„Nicht enttäuscht?"

Sie schauderte. „Äh, warst du hier, als ich hier war? Wenn ja, kann ich mir nicht vorstellen, warum du eine Frage wie diese stellen würdest. War es nicht eindeutig dass ich eine gute Zeit hatte?"

Er schmunzelte. „Ja, ja, aber auf der anderen Seite – wenn man eine lange Zeit auf etwas wartet, kann es etwas … weniger aufregend sein als erwartet, wenn man es endlich bekommt. Oder? Hast du dich noch nie so gefühlt?"

Sie schien seine Worte ernsthaft in Betracht zu ziehen. „Einmal, als ich ein Kind war. Ich hatte mir zu Weihnachten eine Puppe gewünscht, eine ganz bestimmte Barbie-Puppe. Ich war besessen davon, sie zu haben. Jeden Tag habe ich von ihr gesprochen, sichergestellt, dass meine Eltern wussten, dass ich sie wollte. Nicht irgendeine andere Puppe. Sondern ganz spezifisch sie."

„Ich nehme an, du hast sie bekommen?"

„Ja." Sie kicherte. „Und nach dem ersten Moment der Begeisterung, als ich die Verpackung aufgemacht hatte, bemerkte ich, dass sie nur eine Puppe war wie jede andere auch. Da war nichts Besonderes an ihr. Ich hatte viele Puppen. Und sie war nur eine weitere."

„War ich nur einer mehr?", neckte er.

Ihre Wangen wurden rot. „Da gab es nicht so viele, wenn es das ist, was du wissen willst. Definitiv nicht so viele, wie ich Puppen hatte!" Sie lachte und legte eine Hand auf den Mund. „Ich glaube, ich hatte bestimmt drei Dutzend!" Sie lachten beide und sie brachte ihn zum Schweigen, aus Angst, dass Sean mittlerweile nach Hause gekommen war.

„Ich bin froh, dass ich nicht Nummer siebenunddreißig bin", flüsterte er und sie kicherte.

„Eher Nummer drei. Und um deine Frage zu beantworten: Nein, ich bin überhaupt nicht enttäuscht. Ganz im Gegenteil." Sie kuschelte sich an ihn und er war mehr erleichtert, als er ihr gegenüber zugeben wollte.

„Also, was wirst du bezüglich deiner Brüder

unternehmen?"

„Was meinst du?"

„Ich weiß, dass es nicht die beste Idee ist, sie wissen zu lassen, dass wir miteinander geschlafen haben. Ich will dir keinen Ärger machen."

„Du könnest mir nie Ärger machen", log er.

„Sei nicht so. Ich weiß es besser."

Er seufzte. „Meine Brüder werden ihre Bedenken haben, vor allem Quinn und Brady. Was wir uns aufgebaut haben, ist uns wichtig, und eine unserer ältesten Regeln ist es, die Finger vom Personal zu lassen. Ich bin der erste, der diese Regel bricht, außer sie sind allesamt bessere Lügner, als ich ihnen zutraue."

„Was ist das Schlimmste, was passieren kann?"

„Die Sache könnte unangenehm werden, wenn es zwischen uns nicht klappt. Oder die Dinge laufen gut und es beeinflusst deine – oder meine – Arbeit. Sie sorgen sich wahrscheinlich darum, dass wir in der Vorratskammer rumknutschen, während durstige Gäste auf ihre Drinks warten."

Sie kicherte. „Sorry, manchmal bringen deine Worte mich einfach zum Lachen. Doch ich lache nicht über dich. Ich verstehe, was du sagst." Sie trommelte ihre Finger auf seiner Brust. „Was können wir dann tun? Ich denke mal, dann wäre es am besten, wenn wir uns ruhig und unauffällig verhalten, hm?"

Er sah sie aufmerksam an, um zu sehen, ob sie das ernst meine. Sie schien so. „Wäre das okay für dich?"

„Ich frage nicht nach einem Verlobungsring, Riley."

Sie feixte. „Und ich bin erwachsen. Ich verstehe, wie manche Sachen eben laufen. Außerdem mag ich meinen Job. Es macht Spaß, für euch zu arbeiten."

„Also was? Wir bleiben einander fern?" Er hasste die Idee.

Sie schien sie auch zu hassen. „Glaubst du wirklich, ich könnte mich jetzt von dir fernhalten?", fragte sie grinsend. Eines ihrer Beine wickelte sich um seines und er regte sich.

„Nicht mehr, als ich mich von dir fernhalten könnte", gab er zu.

„Also sind wir vorsichtig. Wir treffen uns bei mir. Oder, du weißt schon ... wo auch immer wir es hinkriegen."

„Mir gefällt deine Denkweise", murmelte er und drehte sie auf den Rücken. Sie seufzte, ihre Hände wanderten seine Arme hoch und runter, dann über seine Schultern und seinen Nacken, während sie ihn für einen langen, forschenden Kuss an sich zog. Sie wimmerte tief hinten, als sich ihre Zungen berührten.

Er wusste, dass sie sich anziehen und gehen sollten. Es wäre vernünftig gewesen. Stattdessen küssten sie sich für eine Ewigkeit, bis sie beide nach mehr verlangten. Er wischte mit einer Hand über ihre Kluft, um zu fühlen, wie heiß und feucht sie war. Wie bereit für ihn. Es würde keine lange, gemächliche Nummer werden, doch eine schnelle war drin. Es musste schnell gehen.

Eilig holte er ein Kondom raus und riss es auf. Nachdem er das Kondom aufgestülpt hatte, glitt er wortlos in sie hinein und sie akzeptierte ihn mit gedämpftem Stöhnen. Ihre Blicke verhakten sich, als sie sich gemeinsam bewegten, hart und schnell. Sie nahmen einander ohne Erklärung oder Entschuldigung. Sie hielt ihn fest, ihre Beine verschlossen sich um seinen Arsch, zogen ihn hinein, zwangen ihn, sie mit kurzen, scharfen Stößen zu bearbeiten, die sie beide innerhalb von Minuten in die Höhe schießen ließ.

Er grunzte. Sie biss ihm in die Schulter, dämpfte ihre Schreie, als sie kam. Er stöhnte, sein Gesicht im Kissen vergraben, bevor sie beide verstummten.

Dann Stille.

Doch er wollte nicht still bleiben.

Er wollte Dinge sagen, die er noch nie zu einer Frau gesagt hatte.

Wie sehr er sie anbetete. Wie sehr er sie liebte.

Doch das war verrückt. Es war zu früh.

Also sagte er nichts, doch er hielt sie und küsste sie und hoffte, dass jede Berührung seiner Hände und Lippen die Nachricht überbrachte, dass sie für ihn etwas Besonderes war.

KAPITEL ZWÖLF

Als Riley sie am *Sure Footed* absetzte, damit sie ihr Auto holen konnte, wollte Ericas Körper einfach nur noch schlafen. Das Lernen für ihre Prüfung, nur einige Stunden Schlaf in der vorherigen Nacht und all die Aktivität an diesem Morgen hatten sie erschöpft.

Doch wie konnte sie schlafen, wenn jede Zelle ihres Körpers sang? Es fühlte sich an, als würde ein Traum wahr werden, einer, den sie so lange in ihrem Herzen verschlossen gehalten hatte. Von all den Frauen, die er kannte, von all den Frauen, die tagtäglich im Pub ein- und ausgingen, hatte er sie gewählt. Die herkömmliche Erica. Es schien lächerlich, doch als er sie vom Fahrersitz aus angelächelt hatte, bevor sie aus dem Wagen gesprungen war, sein Kuss noch immer warm auf ihren Lippen, gab es kein Leugnen mehr.

Mit einem Lächeln auf dem Gesicht fuhr sie nach Hause und sie konnte nicht anders, als ihre Lieblingssongs laut mitzusingen, als sie im Radio liefen. Die Wahl des

Tages war die lokale Oldies Station und sie grinste, als sie die ersten Töne von „*Can't Take My Eyes Off Of You*" hörte.

"I love you, baby! And if it's quite all right, I need you, baby! To warm the lonely nights! I love you, baby, trust in me when I say ..." Die Fenster waren unten, eine frische Brise wehte durch den Wagen und Erica interessierte sich nicht dafür, wer sie hörte. Ihr Herz flog.

Sie dachte, es wäre das Beste, sich ins Apartment zu schleichen, für den Fall, dass Jenna schlief. Sie wusste nicht, wann ihre Mitbewohnerin ins Bett gegangen war.

Doch Jenna schlief nicht. Ganz im Gegenteil.

„O mein Gott!" Sie machte einen Satz in Ericas Richtung, als diese durch die Tür kam. „Erzähl, erzähl. Was ist passiert?"

„Nur die Ruhe, Mädchen." Sie liebte es, die aufregenden Neuigkeiten einmal für sich zu haben. Nicht, dass sie noch nie gedatet hatte, obwohl Rob das Ende einer ziemlich langen Dürre gewesen war. Jenna war ein geselliger Mensch, lernte immer neue Leute kennen, traf sich mit interessanten, sexy Typen. Erica war für gewöhnlich diejenige, die am nächsten Tag die Neuigkeiten bei einer Tasse Kaffee erfuhr, während ihr Herz ein klein bisschen schmerzte vor Neid.

„Sag mir nicht, ich solle die Ruhe zu bewahren! Komm schon. Was ist passiert? Habt ihr, du weißt schon ...?"

Sie schenkte sich eine Tasse Kaffee ein und atmete tief durch, inhalierte das himmlische Aroma. Dann nahm sie sich Zeit, Milch und einen Löffel Zucker in den Kaffee zu geben. Sie konnte quasi spüren, wie Jennas Blutdruck dabei war, in die Höhe zu schießen.

Erica drehte sich zu ihr und Jennas Blick bohrte beinahe Löcher in ihren Schädel. „Okay, ich erzähl es dir!" Erica setzte sich an den Küchentisch, Jenna ihr gegenüber, die aufgeregt eine lange Haarsträhne kastanienbraunen Haares zwischen Daumen und Zeigefinger zwirbelte. Sobald Erica lächelte, wusste Jenna, dass es gute Neuigkeiten waren.

„Ihr habt! Ihr habt! Ja!" Sie stieß ihre Faust in die Luft, löste sich dann in Kichern auf. „Ich wusste, ihr würdet es tun, schon allein von dem Blick, mit dem er dich angesehen hat. Oh, ich bin so froh."

„Es war besser, als ich mir je hätte träumen lassen", gab Erica zu. „Und das heißt schon was, denn ich habe mir ganz schön viel vorgestellt. Naja, du weißt ja." Sie hatte ihre Schwärmerei für Riley schon vor langer Zeit gebeichtet.

„Kreisch! Ich fühle mich wie damals, als ich noch Soaps geschaut habe. Wenn es ewig dauerte, bis ein Paar zusammen kam, und wie befriedigend es war, wenn es endlich passierte." Sie lächelte und seufzte glücklich.

„Lass uns nicht vorschnell handeln. Wir sind nicht wirklich *zusammen*", erinnerte Erica sie.

„Oh, komm schon. Ihr seid so was von zusammen. Tu nicht so, als wäre das ein einmaliges Ding gewesen. Du hast für ihn mit Rob Schluss gemacht. Das hättest du nicht getan, wenn es dir nicht ernst gewesen wäre."

„Er ist mein Chef, Jen. Ich weiß nicht, ob wir überhaupt hätten tun sollen, was wir getan haben." Sie kaute auf ihrer Unterlippe und sagte dann: „Aber zum Teufel damit. Ich bin froh, dass wir es getan haben. Selbst wenn das bedeutet, dass ich meinen Job verliere."

„Du kannst dir immer einen neuen Job suchen", argumentierte Jenna. „Sie sind nicht das einzige Spiel in der Stadt."

„Nein, aber das einzige Spiel, das ich spielen möchte. Außer Riley. Er kann meine Würfel jederzeit rollen", sagte sie mit verruchtem Lächeln und dachte an all die verschiedenen Spielzüge, die sie aneinander ausprobiert hatten.

Und all die Züge, die sie noch aneinander erkunden konnten.

Er hatte sie geschmeckt.

Nächstes Mal wollte sie ihn schmecken.

* * *

Später, als es Zeit für sie war, zur Arbeit zu gehen, klopfte ihr Herz genauso wild, wie es am Abend zuvor geklopft hatte, als sie sich davor gefürchtet hatte, Riley bei der Arbeit zu begegnen. Dieses Mal spürte sie keine Furcht, sondern Aufregung. Sie hatten ein Geheimnis. Sie würde ihm für nichts in der Welt die Treue brechen. Es war spannend, ein bisschen gefährlich und extrem sexy. Sie fragte sich, was er heute für sie auf Lager hatte – es war schließlich schon heiß genug zwischen ihnen gewesen, bevor sie miteinander geschlafen hatten.

Doch was würde er von ihr erwarten? Jetzt, da die Mauer zwischen ihnen zerbrochen war, würde er sie die ganze Zeit wollen? Das würde sie nicht stören – sie wollte nur keine Grenzen überschreiten, die er aufziehen wollte.

Er hatte gesagt, dass er sie wollte. Sie konnte das nicht vergessen. Er wollte sie dringend genug, um fortzusetzen, was auch immer sie zusammen hatten, trotz seiner Brüder und ihrer Meinungen. Das bedeutete etwas. Er hatte schließlich nicht alle Trümpfe in der Hand. Auch ihr Glück spielte eine Rolle, genauso wie es eine Rolle spielte, was sie wollte. Erica erinnerte sich selbst daran, als sie zur Arbeit ging.

Sofort war sie sich sicher, dass seine Brüder und die ganze Welt Bescheid wussten. Sie mussten es wissen. Sie mussten es in ihrem Gesicht sehen oder an der Weise, wie sie ging oder sprach. Sie mussten die Röte auf ihren Wangen sehen, als sie fragten, wie ihr Abend war. Sie mussten in der Lage sein, ihre Gedanken zu lesen – ihre schmutzigen, dreckigen, sexuellen Gedanken über Riley.

Natürlich konnten sie das nicht. Und sie hatte sich nicht verändert. *Bleib locker. Verrat dich nicht.* Wenn sie es jemals herausfinden würden, wäre es ihre Schuld, weil sie sich so trottelig verhalten hatte.

Dann sah sie Riley.

Ihr blieb die Luft im Rachen stecken, als sie ihn sah. Er sah, wie immer, unglaublich aus in seinem engen Shirt, das seine prallen Muskeln zeigte. Sein Körper war ein Wunder, wie alles andere an ihm. Sie hatte immer ein bisschen gesabbert, wenn er seine engen Shirts getragen hatte, doch nachdem sie gesehen hatte, was unter seiner Kleidung vorging, war der Drang, ihn anzuspringen, noch viel größer.

„Oh, hier bist du. Habe mich schon gefragt, ob wir dich heute überhaupt zu Gesicht bekommen werden." Er grinste und Erica belohnte ihn mit einem vernichtenden Blick.

„Sorry. Ich weiß, dass du mich vermisst, wenn ich nur drei Minuten zu spät bin."

„Waren es nur drei Minuten? Die Uhr an der Wand muss dann wohl vorgehen. Sie sagt nämlich zehn."

„Ich war heute sehr müde. Ich musste mich etwas hinlegen, bevor ich kommen konnte."

„Oh?" Er hob eine Augenbraue und stapelte Gläser auf der Bar. „Und warum das? Hattest du eine lange Nacht?"

Sean war direkt neben ihnen und wischte Tische ab. Erica wollte Riley dafür schlagen, sie so unverschämt zu necken. „Das kann man so sagen. Ich hatte schon Kürzere."

„Oh, dann hat Rob dich wohl wachgehalten?" Sean grinste.

Erica wurde tiefrot. „So ähnlich", murmelte sie und wollte nicht weiter ins Detail gehen. Wenn sie ihm erzählte, dass sie mit Rob Schluss gemacht hatte, würde er erraten, warum!

Erst als Sean den Raum verließ, kicherte Riley laut.

„Du bist der Schlimmste", grummelte Erica.

„Oh, komm schon. Es war lustig."

„Für mich nicht. Ich könnte die Katze aus dem Sack lassen – würde dir das nicht Ärger machen?"

„Würdest du aber nicht."

„Oh, würde ich nicht? Vielleicht ändere ich ja meine Meinung. Vielleicht haben mir die zehn Minuten, die ich zu spät zur Arbeit kam, Zeit gegeben, die Dinge zu überdenken."

„Das glaube ich nicht." Er kam näher, bis sein Mund an ihrem Ohr war.

Sie zitterte. „Oh? Und warum?", schaffte sie herauszubringen.

„Weil ich mich genauso gut an heute Morgen erinnern kann wie du, Liebes." Er wanderte mit seiner Hand langsam über ihren Po und egal wie sehr sie versuchte, es zurückzuhalten – seine Berührung ließ sie erschaudern.

„Ich erinnere mich, das bedeutet nicht, dass ich mich deshalb zum Narren machen muss." Sie grinste ihn an, ihre Entschlossenheit schmolz trotz ihres Verhaltens Stück für Stück.

„Aber jeder macht sich dafür zum Narren. Weißt du das nicht? Wir sind alles Narren." Er kam näher und atmete in ihr Ohr. Ihr Nackenhaar stand auf und sie schloss für einen atemlosen Moment die Augen, als seine Zunge die Rundung ihres Ohrläppchens ableckte.

„Nicht hier", flüsterte sie und blickte besorgt zur Küchentür.

„Wo dann? Ich habe den ganzen Tag an dich gedacht", gab er zu. „Lass mich dir sagen – die ganze Zeit mit einem Harten herumzulaufen, macht nicht viel Spaß."

Sie kicherte. „Du Armer."

„Wann? Wo?"

„Du weißt das besser als ich. Wo?"

„Vorratskammer. Deine erste Pause." Er wich zurück, genau rechtzeitig, als Sean mit einem weiteren Gestell Gläser herauskam, die er über die Bar hängte.

Erica beugte sich über den Kühlschrank, versuchte ihre errötete Haut abzukühlen, bevor ihr Boss etwas bemerkte. Riley setzte die Unterhaltung mit seinem Bruder fort, als sei nichts geschehen.

Es schien, als gebe es an diesem Abend keine Verschnaufpause hinter der Bar. Es war ungewöhnlich geschäftig – gute Trinkgelder, weniger gut für alles andere. Jedes Mal, wenn es so schien, als hätten sie die Oberhand über die Menge gewonnen, kamen zwölf weitere Personen, die diejenigen ersetzten, die eben gegangen waren. Es nahm kein Ende.

„Die Gefahren der Arbeit an einem beliebten Ort", klagte Riley einmal, als sie hinter der Bar aneinander vorbeigingen.

„Hör bloß auf", murmelte Erica zischend.

Er lachte und tätschelte ihr diskret den Po. „Wir werden genug Zeit haben", sagte er und zwinkerte.

Endlich, nach vier Stunden, als Erica kaum mehr Stehen konnte, blickte sie zu Riley und der nickte, sodass nur sie es sehen konnte.

„Sean?", rief sie. „Macht es dir was aus, wenn ich eine Pause mache?"

„Ich auch", sagte Riley und zog eine Grimasse. „Ich war nicht auf der Toilette, seitdem wir aufgemacht haben."

„Dann geht schon", antwortete Sean mit liebenswürdigem Lächeln und nahm ihre Plätze ein.

Erica ging lässig zur Küche, dann in die Waschräume, das war alles, was sie tun konnte. Sie wartete einige Minuten, bis sie den Gang weiterging und Richtung begehbare Vorratskammer steuerte.

Er wartete dort auf sie, schloss die Tür hinter ihr, sobald sie die Kammer betreten hatte. „Gott, ich dachte schon, es würde nie passieren", murmelte er und hatte seine Hände an ihr, bevor es sein Mund war. Sie wickelte ihm die Arme um den Hals, keuchte leise, als er sie an die Wand drückte.

„Röcke sind ein Geschenk Gottes", knurrte er und schob ihren bis zur Taille hoch. „Ich habe dich den ganzen Abend beobachtet, wenn du dich vorgebeugt hast – du machst mich verrückt." Seine freie Hand griff unter ihr Shirt, dann unter ihren BH. Sie schloss die Augen, lehnte sich an die Wand, während seine Finger Blitzschläge in ihre Mitte schickten.

„Dann sei kein so geiler Bock", flüsterte sie und stöhnte dann, als seine Finger ihre intimen Stellen fanden. Er rieb an ihr, machte sie noch heißer, wie sie es schon die ganze Nacht gewesen war. Seit Stunden musste sie an ihn denken, fantasierte während ihrer Schicht, was sie tun würden, sobald sie allein waren. In der Dunkelheit fand sie seinen Mund und verriegelte sich mit ihm, schob ihre Zunge in seinen Mund, schmeckte ihn. Er biss ihr auf die

Lippe, brachte sie dazu, zischend einzuatmen, als seine Hand durch ihre rutschige Zone glitt.

„Ich kann nicht anders, als ein geiler Bock zu sein, wenn du so verdammt sexy bist."

Sie hörte, wie sein Hosenladen sich öffnete, dann das Knistern von Folie, als er ein Kondom aufstülpte, dann das hektische Pressen seines Stückes an ihrem Eingang. Sie wickelte ihre Beine um seine Hüften, um ihm Raum zu geben. Er drückte weiter, füllte sie mit einem weichen Stoß aus, ließ sie wimmern. Sie versuchte, sich zu kontrollieren, presste ihr Gesicht in Rileys Hals, als er sie nahm.

„Ja ... oh, Liebes ... so eng ..." Er flüsterte süße Obszönitäten in ihr Ohr, als er sich bewegte, und sie hielt ihn so fest, wie sie konnte, ließ ihn die Kontrolle übernehmen, ließ sich von ihm mit seinem langen, dicken Schwanz in die Besinnungslosigkeit schaukeln.

Als sie zum Höhepunkt kam, vergrub sie ihre Finger in Rileys starke Schultern, während ihr Körper bebte. Sie biss sich auf die Fingerknöchel, um ihr Stöhnen zu ersticken, während er leise in ihre Schulter stöhnte, als er kam.

„Oh verdammt", brummte er und stützte seine Hände an der Wand ab, um sich zu stabilisieren.

Sie lächelte zufrieden und nuschelte ihm vergnüglich ins Ohr.

„Es hat sich gelohnt, darauf zu warten", flüsterte sie.

KAPITEL DREIZEHN

Sie war eine Droge. Das war die einzige Erklärung, warum er sie nicht aus seinem Kopf kriegen konnte.

Was hatte er nur vor ihr getan? Er konnte sich kaum daran erinnern. Ja, er hatte sie gekannt, aber er hatte sie nie wirklich gekannt. Sicher, er hatte sich jeden Tag gefreut, sie zu sehen, doch er hatte keine kleinen Möglichkeiten ausgeklügelt, wie sie sich während ihrer Schicht zusammen verdrücken konnten.

Er hatte sich an ihren freien Abenden sicher nicht weggeschlichen.

Der zweite Montag, nachdem sie das erste Mal miteinander geschlafen hatten, war einer dieser Abende. Es war der ruhigste Abend der Woche, perfekt für den Bartender, sich aus dem Staub zu machen. Sean kümmerte sich gewöhnlich um die Bar, oder Riley selbst. An diesem Abend wechselten sie sich ab.

„Bist du okay?", fragte Sean einmal während eines Football-Spiels, für das sich Riley nicht weniger interessieren konnte.

„Ja, warum?"

„Du schenkst weder dem Spiel noch meinen Worten irgendeine Beachtung." Sean musterte ihn. „Geht dir was im Kopf rum?"

„Nein, nichts. Du weißt, dass ich nicht denke." Riley grinste und wendete sich dann wieder dem Spiel zu.

War es nur eine Woche her, seit sie das erste Mal miteinander geschlafen hatten?

Es fühlte sich wie eine Ewigkeit an. Begann eine Sucht wirklich so einfach, so schnell? Es war die einzige Entschuldigung, die Riley einfiel.

Drei niedliche Mädchen betraten den Pub. Riley beobachtete durch den Spiegel hinter der Bar, wie sie näherkamen. Er schätzte sie auf Collegealter, vielleicht ein oder zwei Jahre älter. Sie hatten alle das gleiche Lächeln, den gleichen Klamottenstil – kurz, eng, minimalistisch – und die gleiche Frisur. Ihr langes, seidiges Haar hing ihnen in losen Locken den Rücken hinunter.

„Hey." Eines der Mädchen, eine langbeinige Blonde, schwang ihr Haar über eine Schulter. „Können wir alle Wodka mit Cranberry-Saft bekommen?"

„Klar", antwortete Sean und zog drei Gläser von dem Gestell über seinem Kopf.

„Oh, du bist Ire?"

Riley unterdrückte ein weiteres Lächeln und konzentrierte sich weiter auf das Spiel auf dem Fernseher.

„Dort geboren und aufgewachsen", sagte Sean.

Die Mädchen kreischten. Das war nichts

Ungewöhnliches. Ein irischer Akzent war quasi ein Freiticket in die Höschen einer Frau.

Sie beschossen Sean mit Fragen, die er lächelnd beantwortete. Aus welcher Stadt er kam, wie alt er war, ob er Irisch sprach.

„Gälisch", verbesserte er. „Und ja, ein bisschen. Die besten Schimpfwörter."

Die Mädchen kicherten.

Sie bestanden darauf, dass er sie ihnen beibrachte, doch Sean vertröstete sie charmant und ging zurück zur Arbeit.

„Hey." Eines der Mädchen hatte Rileys Gesicht im Spiegel entdeckt. „*Oh, my God!*" Es hörte sich mehr wie ein „*gawd*" an und so fragte sich Riley, ob sie aus New York kamen und hier Urlaub machten.

„Seid ihr Zwillinge?", fragte eines der Mädchen.

„Aber sicher!"

Die Mädchen verloren ihren gemeinschaftlichen Verstand und fragten weiter. Ob sie gegenseitig Gedanken lesen konnten? Sean und Riley grinsten sich an und erinnerten sich beide an das Spiel, das sie als Kinder immer gespielt hatten. Wann immer sie jemand fragte, ob sie die Gedanken des anderen lesen konnten, gingen sie durch ein vorbereitetes Drehbuch an Wörtern und Zahlen und „lasen" sie in den Gedanken des anderen. Riley dachte kurz darüber nach es zu tun, doch sein Interesse an einer fortführenden Konversation mit dem Mädchen war zu gering, um Energie hineinzustecken.

„Nein, wir können nicht die Gedanken des jeweils

anderen lesen", sagte er schließlich.

„Nicht mehr als andere Menschen", fügte Sean hinzu.

„Aber fühlt ihr eine richtig starke Verbindung? Stärker als zu anderen Menschen?"

„Oh, absolut", antwortete Riley, ohne zu zögern. „Er ist mein bester Freund."

„Wir haben keine Geheimnisse", sagte Sean. „Oder, Riley?"

Riley schielte zu seinem Bruder und sah dann, schulderfüllt, zur Seite.

Wusste er von Erica?

Eines der Mädchen, eine Brünette mit riesigen Brüsten, schlängelte sich zu Riley durch. „Ich finde es faszinierend, dass ihr aus Irland kommt."

„Findest du? Und woher kommst du, Liebes?"

„Liebes!" Sie kicherte. „Das ist so süß. Ich bin aus New York."

„Wie interessant. Ich wollte schon immer mal dort hin."

„Wirklich? Und ich wollte schon immer nach Irland. Ich möchte all das Grün dort sehen. Wir haben so was in New York nicht. Brooklyn ist nicht wirklich grün." Sie lachte und strich eine Hand seinen Arm hinauf, bis er seine Schulter erreichte. „Oh, arbeitest du auch hier? Unmöglich. Wie solltest du die Zeit finden zu trainieren?"

Hatte sich das Flirten dazu weiterentwickelt, als er nicht hingesehen hatte? Er war an flirtende Frauen gewöhnt. Doch das Mädchen, das mit ihrer Hand seine Schulter knetete, war etwas vollkommen anderes. Oder vielleicht war er es, der anders war.

Alles, woran er denken konnte, war der Ausdruck in Ericas Gesicht, wenn sie in diesem Moment hereinkommen würde. Der Gedanke erfüllte ihn mit mehr Schuld als der Gedanke daran, Geheimnisse vor Sean zu haben.

Ohne es zu wissen, rettete ihn Brady, der genau im richtigen Moment aus der Küche kam. Die Brünette richtete ihre Aufmerksamkeit auf ihn – er war kräftiger als Riley und sie hatte eindeutig was für Männer mit Muskeln übrig. Er stöhnte leise und beendete dann seinen Drink.

„Es war ein langer Tag", sagte er und gähnte zur Show, rieb sich die Hände durchs Haar. „Ich denke, ich mache Feierabend, wenn das für euch okay ist."

„Geh ruhig", sagte Sean. „Ich regle hier alles. Und dann werde ich nach Hause gehen und von meinem Mädchen träumen. Liebe meines Lebens, auch wenn sie das noch nicht weiß", sagte er laut, laut genug, damit die Mädchen ihn hören konnten. Sie hatten verstanden und schmollten reizend, bevor sie sich wegdrehten und zu ihrem Tisch gingen.

Sean sah ihn an und zwinkerte.

In diesem Moment wusste Riley, dass Sean über Erica Bescheid wusste.

Als ob er seine Gedanken wirklich mit Zwillingspower lesen konnte, sagte Sean: „Ist sie die Liebe deines Lebens?"

Riley sagte einfach nur: „Ich weiß nicht. Aber ich werde es herausfinden."

* * *

Eine Stunde später lagen Riley und Erica verschlungen in dem, was von Ericas Bett übrig war. Laken, Kissen, Decken – alles war verstreut, wurde in der Hitze des Augenblicks vom Bett getreten.

„Das hätte ich heute Nacht nicht erwartet", flüsterte Erica und keuchte nach Luft.

„Das solltest du mittlerweile besser wissen", rügte Riley sie.

„Besser inwiefern?"

„Besser als zu denken, dass ich dich für eine ganze Nacht allein lassen könnte." Er setzte sich auf, dehnte sich und sah dann zu ihr hinunter. Selbst in ihrem Zustand – zerzauste Haare, verschmierte Mascara, gerötete Haut und verschwitzt – sah sie wie eine Göttin aus.

„Pass nur auf. Ich bin den letzten Typen losgeworden, der sich mir gegenüber besitzergreifend verhalten hat." Sie zwinkerte.

Riley schauderte. „War er dir gegenüber aggressiv? Fies? Falls ja, mach ich ihn in einer Sekunde fertig."

„Niemand bittet dich, ihn fertig zu machen", murmelte Erica und streichelte seinen Rücken mit ihren Fingerspitzen. „Ich hätte ihn nicht erwähnen sollen. Tut mir Leid. Es war ein Witz."

Riley seufzte, antwortete aber nicht. Natürlich war es ein Witz gewesen. Seit wann hatte er keinen Sinn für Humor? Er wäre normalerweise der erste, der über so etwas lacht. Rob war lächerlich, keine Konkurrenz oder dergleichen. Es war die Art, wie die Erwähnung seines Namens Rileys Blut zum Kochen brachte, die ihn beunruhigte.

Er stand auf, sammelte die Einzelteile des Bettzeugs zusammen, die im Raum verteilt lagen, und warf sie alle zurück aufs Bett.

„Gehst du?", fragte Erica und setzte sich hin.

„Nein, warum?" Er sah sie an und streckte seinen Kopf zur Seite. „Willst du, dass ich gehe?"

„Oh nein!" Sie wurde rot von Kopf bis Fuß. „Nein, überhaupt nicht. Ich nahm nur an, dass du gehen wollen würdest."

„Liebling, die erste Nacht, die wir zusammen verbringen, verbringen wir komplett zusammen. Okay?"

„Okay."

„Warum sollte ich jetzt aufhören wollen, wenn wir noch nicht einmal leise sein müssen. Ich freue mich schon darauf, dich noch mehr zum Schreien zu bringen."

„Wahr. Aber … ist das der einzige Grund, warum du bleiben möchtest?" Sie biss sich auf die Lippe. „Für Sex, meine ich?"

Riley gesellte sich im Bett zu ihr. „Ist es das, was dich stört? Du denkst, ich will nur Zeit mit dir verbringen, wenn es um Sex geht?"

Sie zuckte mit den Schultern und fuhr sich mit ihren Händen übers Haar, um es ein bisschen zu glätten, und zog dann ein Laken um sich herum. Sie war noch immer ein bisschen nervös in seiner Gegenwart, noch immer ein bisschen beschämt, vor ihm nackt zu sein. Warum wusste er nicht, vor allem da ihre schmale Taille, ihre vollen Brüste und ihre runden Brüste alles waren, woran er je dachte.

„Ich verbringe gern Zeit mit dir", sagte er. „Verdammt, ich habe gern Zeit mit dir verbracht, bevor das hier angefangen hat. Was denkst du denn, worum es im letzten Jahr ging? Wir wissen bereits, dass wir einander mögen. Wir kommen gut miteinander aus, wir haben viel, worüber wir miteinander sprechen können. Bei vielen Dingen haben wir die gleiche Meinung. Wir waren bereits Freunde. Und was wir jetzt haben? Das ist weit mehr als nur Sex, Erica." Er nahm eine ihrer Hände in seine und fuhr mit seinem Daumen über ihre Fingerknöchel.

Sie strahlte ihn an. „Du bist auch weit mehr als nur Sex für mich, Riley. Doch der Sex ist ziemlich gut."

Er schnaubte. „Ziemlich gut?" Er begann, sie zu kitzeln, brachte sie dazu, vor lachen zu kreischen. Bald küssten sie sich. Und sie seufzte.

Und er hielt sich einmal mehr zurück, ihr zu sagen, dass er sie liebte.

KAPITEL VIERZEHN

„Wo gehen wir hin?", lachte sie, ihre Hände berührten ihre Augenbinde.

„Hände weg!", warnte Riley und schlug ihr sanft auf die Hände. Sie lachte erneut, ihre Vorstellung, wo er sie hinbringen könnte, ging mit ihr durch.

Einige Tage waren vergangen, seitdem sie Riley gefragt hatte, ob sie mehr als nur Sex für ihn bedeutete. Und mit jedem Tag, der verging, schien er sich Mühe zu geben, zu beweisen, dass das der Fall war.

Vor zwei Tagen hatte er sie zum Brunch zum *Russian River House* gebracht. Es war das Bed & Breakfast, wo Quinn und Conor gewohnt hatten, als sie in Amerika angekommen waren, und auch der Ort, wo sich Quinn in Lillian Parker, die Tochter des Inhabers, verliebt hatte. Irgendwie hatte Riley den eher sauer dreinblickenden Inhaber beschwatzt, dass er Erica eines der Zimmer im Obergeschoss zeigen durfte, das Lilly gehört hatte, bevor sie mit Quinn zusammengezogen war. Es war jetzt ein

Gästezimmer, ein spektakuläres mit Balkon auf der zweiten Etage, der mit Liegestühlen und aufgeschnittenen Fässern bestückt war, die verschiedenste Kräuter beinhalteten. Eine Ranke begrenzte den Balkon an einer Seite, bestückt mit den verschiedensten Blumen: Hortensien, Azaleen und Gardenien. Die samtigen Blüten und der starke blumige Geruch in der Luft gaben ihr das Gefühl, direkt auf die Seiten eines Märchenbuchs gelangt zu sein.

Der Balkon bot einen wunderschönen Blick über die hügelige Landschaft und die goldene Sonne, die ihr Licht auf die Traubenreihen goss. Doch so schön die Sicht auch war, Ericas Blick irrte immer wieder zu dem großen Bett innen und sie fragte sich, ob Riley sie möglicherweise für ein nachmittägliches Stelldichein hergebracht hatte. Als ob er ihre Gedanken lesen konnte, stand er plötzlich hinter ihr, legte seine Arme um ihre Taille und sein Kinn auf ihren Kopf. „Nicht jetzt. Ich kann sehen, woran du denkst. Doch es geht nicht nur um Sex, erinnerst du dich?" Sie lachte und nickte. Dann lehnte er sich nach unten, küsste sie auf die Wange und flüsterte ihr ins Ohr. „Doch ich plane definitiv, dich bald hierher zurückzubringen, damit wir in diesem Bett ficken und auf dem Balkon Liebe machen können. Klingt das gut?"

„Klingt himmlisch", hatte sie geflüstert.

Doch er hatte noch mehr Überraschungen für sie auf Lager gehabt.

Gestern hatte er mit ihr in seinem Häuschen gesessen und sie hatten über ihre Eltern gesprochen. Er hatte sogar ein Album herausgezogen, das, wie er gesagt hatte, Quinns Freundin Lilly für sie alle gemacht hatte, und hatte ihr Bilder von seiner Mam und ihrer Familie gezeigt.

Rileys Mutter war ein schlaksiger Teenager gewesen mit langem, blondem Haar und kurvigen Beinen. Auf einem Bild klammerte sie sich an einen wesentlich älteren Mann im Anzug. Er lächelte stolz und hob ein Glas Wein zum Anstoßen. Sein Haar war wesentlich dunkler, doch die Gesichtsform, das gespaltene Kinn und die Augen waren unmissverständlich eine Kopie von Rileys Mutter.

Es war Mr. Phillips, Rileys Großvater und der Mann, der *Phillips Vineyard and Winery*, eines der größten Weingüter in Forestville, führte. Nachdem sie bereits seit fast einem Jahr für die O'Neill Brüder gearbeitet und sich in dieser Zeit gut mit Riley angefreundet hatte, wusste Erica, dass Richard Phillips Sr. ihre Mutter enteignet hatte, als sie nach Irland gegangen war, um ihren Vater zu heiraten. Sie wusste auch, dass Riley und seine Brüder nichts von der mütterlichen Seite ihrer Familie gewusst hatten, nur die Geschichte ihres Vaters – seit drei Generationen Bürger von Dublin. Das hatte sich geändert, als ihre Mutter gestorben war und sie einen alten Koffer voller Bilder sowie dem Tagebuch ihrer Mutter gefunden hatten. Das waren die Dinge, die die Brüder nach Kalifornien gebracht hatten. Obwohl sie wussten, dass ihr Großvater sie nicht willkommen heißen würde, waren sie entschlossen, den Ort zu sehen, aus dem ihre Mutter stammte.

„Es wäre in Ordnung gewesen, selbst wenn unser

Großvater niemals etwas mit uns hätte zu tun haben wollen", hatte Riley gesagt, als sie die Bilder angesehen hatten, auf denen ihre Mutter vor den vielen Weintraubenreihen posierte. „Doch am Ende ist es gut, dass wir beginnen, ihn kennenzulernen. Langsam aber sicher."

Sie hatte einfach nur gelächelt, ihr war bewusst gewesen, dass ihr Großvater sie einige Wochen vor Rileys Flug nach Irland endlich zu sich nach Hause eingeladen hatte.

„Hast du dich mit ihm getroffen, seitdem du zurück bist?"

„Nein", hatte er gesagt. „Doch wir werden ihn bald besuchen. Das ist mein Lieblingsbild."

Es hatte die junge Maggie O'Neill gezeigt, definitiv vor dem O'Neill, die kornblumenblaue Schlaghosen trug. Es war im Jahr 1980 aufgenommen worden und sie saß auf der Kante einer wackeligen Brücke und hielt sich am Geländer fest, während ihre Beine über einem schmalen Bachlauf baumelten. In ihrem Haar steckte eine Blumen-Haarspange und auf ihrem Gesicht war dasselbe freche Grinsen zu sehen, das Erica überall erkennen würde. „Das ist die Langley Bridge", hatte er gesagt. „Dort haben wir ihre Asche verstreut."

Sie hatte seinen Arm berührt. „Es ist ein wunderschöner Ort. Und ich bin sicher, es war eine wundervolle Zeremonie."

„Das war es", hatte er weich gesagt, seine Augen verschwommen vor Trauer und Erinnerung. Dann hatte er sie angesehen und seine Augen hatten sich geklärt. Er hatte das Album beiseitegelegt, sie geküsst, was dazu geführt hatte, dass sie miteinander schliefen.

Er hatte die Tatsache, dass sie an diesem Tag Sex gehabt hatten, offensichtlich als irgendeine Art Schwäche seinerseits ausgelegt, denn er hatte ihr zuvor gesagt, dass er sie zu einem besonderen Date ausführen würde und *dass absolut kein Sex erlaubt wäre.*

Jetzt waren sie in seinem Wagen, sie mit verbundenen Augen, und fuhren in eine unbekannte Richtung.

Sie liebte diese spielerische Seite an ihm, eine, die sie sich nie hatte vorstellen können. Im besten Falle, dachte sie, war er grüblerisch, sexy, lustig natürlich – sie waren schließlich keine Fremden. Sie hätte nie erwartet, ihn so unbeschwert und albern zu sehen.

„Kannst du mir wenigstens sagen, wie weit weg wir fahren?"

„Ich fahre seit zwanzig Minuten im Kreis, du verrücktes Ding."

Seine sarkastische Antwort ließ Erica finster dreinschauen. „Komm schon. Wirklich."

„Scheinbar bist du nicht für Überraschungen gut, nicht wahr? Du musst ja eine Spaßkanone um deinen Geburtstag herum sein, wenn du jeden in deiner Nähe ausfragst, was sie dir gekauft haben."

„Das ist gar nicht wahr", murmelte sie. Es war total wahr, aber das brauchte er nicht zu wissen. Sie verschränkte die Arme und lehnte ihren Kopf zurück.

„Hätte ich einen Pullover mitbringen sollen?"

„Ich habe einen Pulli auf dem Rücksitz, falls du ihn brauchen solltest."

„Aha! Wir gehen also irgendwo raus."

„Du bist ein Spielverderber", nuschelte er, doch sie hörte sein Schmunzeln. Sie befahl sich selbst, zufrieden damit zu sein, überrascht zu werden, und blieb für den Rest der Fahrt still. Sie hatte zuvor nie verstanden, dass eine Überraschung der planenden Person genauso viel Freude bereitet wie der Person, für die die Überraschung gedacht war. Das wollte sie ihm nicht ruinieren.

Erica fragte sich, ob das bedeutete, dass sie Gefühle für ihn hatte.

Es war eine lächerliche Frage. Sie wusste, dass sie die hatte. Seit Monaten, doch sie hatte es sich nicht eingestehen wollen. Keine Chance, dass zwischen ihnen etwas passieren würde … so hatte sie zu der Zeit jedenfalls gedacht. Es war einfacher für sie gewesen, die Gefühle beiseite zu schieben. Sicherer. Mit ihm zu schlafen, machte alles komplizierter.

Lass es ruhig angehen, erinnerte sie sich selbst. *Ein Tag nach dem anderen.* Es war in Ordnung, ihn zu mögen. Daran war nichts falsch. Doch ihr selbst zuliebe musste sie es langsam angehen. Während sie wusste, dass ein Teil von ihr sich danach sehnte, die Vorsicht in die Wüste zu schicken und ihn zu lieben, gab der andere Teil nicht nach. Es würde nur böse enden.

Der Wagen hielt an, was sie überraschte. „Sind wir da?"

„Du merkst auch alles, nicht wahr?" Der Humor in

seiner Stimme war offensichtlich.

Erica kicherte. „Wir hätten zum Tanken anhalten können, Klugscheißer."

„Das ist nicht der Fall. Also, rühr dich nicht, während ich mich um ein paar Dinge kümmere. Und wehe ich erwische dich, wie du dich wegschleichst oder deine Augenbinde abnimmst."

„So viele Regeln. So forsch und energisch."

„Mit Schmeichelei kommst du nirgendwo hin", witzelte er und verließ den Wagen.

Es war die reine Folter, auf ihn zu warten, ohne zu sehen, was er machte.

Etwa fünf Minuten vergingen, bevor Riley zurückkam. „Okay, ich helfe dir jetzt raus."

Erica setzte sich erwartungsvoll auf. Sie erlaubte ihm, ihren Arm zu nehmen und sie vom Auto wegzuführen.

Sie hielten und er stellte sich vor sie. „Okay. Bist du bereit?"

„Ich denke?"

Er lachte. „Sei nicht so besorgt. Das ist keine Reality Show-Challenge. Ich werde dich nicht alleine hier draußen lassen."

„Wow, das hatte ich gar nicht bedacht. Vielen Dank, dass du mir Angst einjagst."

Ein Kichern. „In Ordnung. Ich trete zur Seite und du nimmst deine Augenbinde ab. Bereit? Drei … zwei … eins … los."

Erica hob die Augenbinde hoch und keuchte dann vor Freude.

Zuerst war da auf einer Decke in der Mitte einer smaragdgrünen Wiese ein Picknick bereitet. Die Gegend war von einem Wäldchen umgeben, das eine perfekte, abgelegene kleine Stelle kreierte. Auf der Decke verteilten sich Brot, Käse, Früchte, Wurst, Gebäck und Wein.

Jenseits der Picknickdecke, jenseits des Wäldchens, hatte man die atemberaubendste Aussicht, die Erica sich vorstellen konnte. Sie standen auf der Spitze eines Berges und überblickten die hügeligen Weinberge. Es war ehrfurchtgebietend – und die romantischste Geste, die sie sich hätte vorstellen können.

„Riley. Ich weiß nicht, was ich sagen soll."

Er grinste verschlagen. „Bitte sag, dass du hungrig bist. Ich habe genug Essen für sechs Leute mitgebracht."

„Oh, ich habe Hunger. Du hast gar keine Ahnung wie sehr. Ich könnte es wortwörtlich hinunterschlingen."

„Tatsächlich?" Riley grinste und nahm sie bei der Hand, um sie auf die Decke zu geleiten.

Sie ließ sich gerne führen. Er war nicht nur verspielt, sondern gedankenvoll und romantisch. Riley O'Neill hatte versteckte Tiefen und Erica hatte vor, mehr über diese herauszufinden.

Während sie es sich gemütlich machte, steckte Erica sich ein paar Trauben in den Mund. „Was hat dich auf diese Idee gebracht?", fragte sie und zog die Schuhe aus, um das Gras unter ihren nackten Füßen zu fühlen.

„Es ist ein wundervoller Tag und du bist ein wundervolles Mädchen. Ich dachte, ein wundervoller Ort würde das alles noch abrunden."

Sie wurde rot. Sein Scharm erreichte sie wie jedes Mal. Die Fabel vom irischen Blarney-Stein schien wahr zu sein und seine Familie hatte den Stein wohl massig geküsst, wenn man bedachte, wie redegewandt und talentiert im Süßholzraspeln sie alle waren.

„Es ist perfekt", murmelte sie und legte sich auf die Seite. Riley schenkte ihnen ein Glas Weißwein ein, ein frischer Chardonnay, und sie stießen miteinander an. Sie lächelte über den Rand des Glases und wunderte sich mal wieder, wie glücklich sie sich schätzen konnte, mit ihm zusammen zu sein. Es gab noch immer Tage, an denen sie das Gefühl hatte, sich zwicken zu müssen. Sie tat es nicht – aus Angst, aus ihrem Traum zu erwachen.

Sie verbrachten Stunden miteinander, irgendwann ausgestreckt nebeneinander auf dem Rücken liegend, Händchen haltend, über das Leben plaudernd und den vorbeifliegenden Wolken zusehend. Sie hatte sich schon immer gefragt, ob Menschen in der Realität tatsächlich auch über die Formen der Wolken sprachen, so wie sie es im Film taten.

Riley rollte sich auf die Seite und Erica nahm die Gelegenheit wahr, um sich auszustrecken und sein Haar zu streicheln. Sie wollte ihn einfach nur berühren. Es war die reine Freude.

„Dein Haar sieht so rot aus im Sonnenlicht", nuschelte sie. „Wie Feuer."

„Dein Haar sieht aus wie gesponnenes Gold", antwortete er. Er nahm eine Strähne, untersuchte sie, bevor er sie fallen ließ, um seinen Finger langsam ihr Gesicht herunterwandern zu lassen.

Sie seufzte glücklich und schloss die Augen, als er sie berührte. Als sein Mund den ihren berührte, seufzte sie erneut.

Sie setzten sich auf, die Münder noch immer vereint, und ihre Hände bewegten sich am Körper des anderen. Seine Arme hielten sie fest, die Hände wanderten ihren Rücken hoch und runter, bevor sie in die Rückseite ihrer Jeans krochen, um ihren Po zu liebkosen. Sie zitterte, die Hitze verbreitete sich rasend zwischen ihren Beinen. Er wusste einfach, wie er sie berühren musste, wusste genau, wie er sie wahnsinnig machen konnte.

Erica begann, ihre Bluse aufzuknöpfen. Schwer atmend legte Riley seine Hände auf ihre. „Liebes, ich habe es dir gesagt. Kein Sex. Heute geht es nur darum, Zeit miteinander zu verbringen."

„Das haben wir getan. Und ich fand es großartig. Aber du musst mich nicht beschwichtigen, Riley. Es tut mir Leid, dass ich neulich so dumm war. Ich weiß, dass du mehr als nur Sex willst. Ich auf der anderen Seite? Ich will dich nur deines Körpers wegen, also versuch gar nicht erst, mich davon abzuhalten, meine Kleidung auszuziehen." Sie schob seine Hände weg und er knurrte, vergrub sein Gesicht in ihrem Nacken.

„Naja, also wenn es nur mein Körper ist, den du willst – wie wäre es, wenn ich dir dabei helfe, dich auszuziehen? Dadurch kriegst du alles, was du willst, schneller."

„Macht Sinn", sagte sie.

Als er zurückwich, liebkoste sie seine Wange, alles in

ihrer Berührung und in ihrem Ausdruck sagte ihm, dass er ihr weit mehr als nur sexuell wichtig war, und er grinste, weil er das offensichtlich sehen konnte. Er knöpfte langsam den Rest ihrer Bluse auf und ließ seine Hände dann über ihre Schultern und ihre Arme hinunterfahren, um sie auszuziehen. Er liebkoste sie sanft, bewegte seine Hände wieder zurück auf ihre Schultern und dann zu ihrer Brust.

Sie seufzte, schloss die Augen und atmete tief, als seine Hände sie in Brand steckten – doch immer nur ein kleines bisschen, es war ein langsames, sinnliches Feuer. Er schien immer zu begreifen, was genau sie brauchte, wie sie es brauchte. Wie war es möglich, dass er sie bereits so gut kannte?

Er schob den BH-Träger die Schulter hinunter und küsste dabei jedes Stück entblößter Haut. Sie stöhnte seinen Namen, als seine Zunge Kontakt mit ihr aufnahm, dann wieder, als sein Mund zu ihrem Hals wanderte. Sie schloss die Augen und lehnte ihren Kopf zurück, um mehr von ihm zu akzeptierten. Sein Kuss schürte das Feuer, das er in ihr entfacht hatte.

Er ließ sie sanft auf den Boden gleiten, bis sie auf dem Rücken lag. Riley kniete zwischen ihren Beinen, lächelte sanft aber mit einem unartigen Glimmern in den Augen. Er fuhr mit seiner großen, starken Hand über Ericas Oberschenkel, bevor er ihr die Jeans auszog. Sie sah zu ihm hoch, wollte ihn einfangen und sein Bild für immer in ihrem Herzen mit sich tragen. Dieser wunderschöne Mann, der ihren Körper verehrte, wie sie es sich immer erträumt hatte.

Er ließ sich selbst auf den Boden herab, um ihre Oberschenkel zu küssen, bevor er sich zu ihrem Bauch bewegte. Dann zog er ihre BH-Körbchen hinunter, offenbarte ihre Brüste seinem gierigen Mund. Sie schrie leise auf, fuhr ihre Finger durch sein dickes, rotes Haar, während seine Zunge ihre empfindliche Haut mit Aufmerksamkeit überschüttete. Als er ihre Nippel zwischen die Zähne nahm und zärtlich daran knabberte, keuchte sie und bäumte den Rücken auf.

„Ja … Riley, ja …", flüsterte sie und krümmte sich unter ihn, seine erregenden Berührungen ließen sie zittern. „Berühr mich, bitte." Sie sah nach unten, als er ihren Körper küsste, und grub ihre Finger in seine muskulösen Schultern. Die Lust war so köstlich, dass sie es kaum ertragen konnte.

Blitzschnell war ihre Unterhose verschwunden. Es war aufregend, quasi nackt unter freiem Himmel zu sein, und es addierte sich zu der Lust hinzu, die sie fühlte, als Riley schnell ein Kondom anzog, sich zwischen ihren Beinen positionierte und seine starke Erektion in ihren wartenden Körper schob.

„Ja!", flüsterte sie und akzeptierte ihn genussvoll, wickelte ihre Beine um ihn, um ihn festzuhalten.

„Was auch immer du willst, Baby … ich bin dein. Jeder Teil von mir", stöhnte er.

Erica schloss die Augen, drehte ihren Kopf zur Seite, um die Freudentränen zu verstecken, die er ausgelöst hatte. Sie bewegte ihren Körper gegen seinen, passte sich dem langsamen, sinnlichen Takt seiner mahlenden Hüften an. Sobald die Tränen getrocknet waren, sah Erica in Rileys Gesicht. Sie erforschte ihn mit ihren Händen, streichelte seinen Nacken, sein liebes Gesicht. Sie fuhr mit ihren Fingerspitzen über seinen Mund und er saugte an ihnen, während er in sie stieß. Sie stöhnte, ihr Inneres bebte zur Antwort.

„So gut …", sie stöhnte holprig und schloss erneut die Augen, um sich auf den Genuss konzentrieren zu können, der durch sie hindurchfloss. Sanfte Wellen wuschen über ihren Körper, wurden langsam immer größer. Gerade wenn sie sich sicher war, dass es nicht besser werden würde, stieß er erneut in sie und schickte sie höher als zuvor.

Es war vollkommene Lust und es schien immer weiter zu gehen. Sie wünschte, sie könnten für immer so Liebe machen. Nur sie beide an einem wunderschönen Tag. Sie zog ihn mit ihren Beinen näher an sich, wollte ihn vollständig in sich haben. Wollte mehr von ihm, für immer.

Der Lustknoten in ihrer Mitte wurde immer enger und drohte, sie zu übermannen. Erica schrie leise, drückte ihren Mund an Rileys Schulter, um das Geräusch zu dämpfen. Ihr Körper zuckte von innen nach außen, um ihn herum, presste hart, bevor sie endlich entspannte.

„Oh … Riley …" Sie beruhigte sich langsam, als er ihre Stirn, ihre Wangen, ihr Kinn küsste. Dann ihre Lippen. Sie küssten sich lange und tief. Währenddessen bewegte er sich noch immer sanft, in stabilem Rhythmus, rein und raus. Sein Atem kam in kurzen Stößen, als er versuchte, sich zurückzuhalten. Sie wusste, dass er sie nehmen wollte, besitzen wollte, konsumieren wollte. Und sie wollte ihm das geben.

„Nimm mich", flüsterte sie und hielt ihn wieder nahe an sich. „Gib's mir, Baby."

Etwas hinter seinen Augen erwachte zum Leben. Er knirschte mit den Zähnen und rammte in sie hinein. Sie keuchte, bebend. „Ja", flüsterte sie und starrte in seine goldbraunen Augen. „Gib's mir nochmal. Hart."

„Fuck", grunzte er, rammte erneut ... und wieder ... schneller. Sie grunzte mit ihm gemeinsam, ritt ihn, während er sie ritt, bewegte sich an ihm. Ihre Körper kamen mit einem schlagenden Geräusch zusammen, wieder und wieder, als die Leidenschaft sie einmal mehr übermannte.

Es passierte erneut. Sie konnte es nicht glauben. Das vertraute Engegefühl, die überwältigende Sensation, als sie die Spitze erreichte ... dann schrie sie erneut auf, als Rileys Stöße hektisch wurden und ihre Muskeln sich um ihn zusammenzogen.

„Ja!", schrie sie und verspannte sich um ihn herum.

Einige Stöße später stöhnte Riley an Ericas Schulter, als er zum Höhepunkt kam. „Shit ... du bist fantastisch ..."

Erica lächelte an seiner Schulter und drückte ihn nahe an sich. Es war das beste Kompliment, das sie sich vorstellen konnte.

Sie streichelte seinen Nacken und schmunzelte. „Jetzt

weiß ich, warum du mich hierher gebracht und mit all dem Essen traktiert hast. Du wolltest mich für das hier stärken."

Er stützte sich mit den Händen ab und grinste zu ihr hinab. „Das Eiweiß war für mich, Liebes. Und der Wein, um dich empfänglicher zu machen."

Erica grinste. „Ich dachte, du hast etwas dagegen, Frauen auszunutzen, die zu viel zu trinken hatten."

„Du bist eine kleine Person, aber ich denke nicht, dass ein Glas Wein zu viel für dich ist. Klugscheißerin."

KAPITEL FÜNFZEHN

Riley saß im Pub und hörte mit halbem Ohr Quinn zu, der wie ein Wasserfall von Gemein- und Betriebskosten und Gewinn-Verlust Reporten redete. Das meiste davon war ihm schon an gewöhnlichen Tagen zu hoch, wenn er tatsächlich versuchte aufzupassen. Wenn seine Gedanken weit weg, beim Picknick mit Erica, waren, war es noch schwieriger.

„Erde an Riley", grummelte Quinn.

Riley rührte sich nicht, bis Sean ihn eine an den Kopf klatschte.

Riley schlug nach ihm. „Au! Wofür war das?"

Sean zeigte zu Quinn, der finster dreinschaute.

„Es tut mir leid dich mit langweiligem Unsinn über unser Unternehmen zu stören", sagte Quinn. „Ich bin mir sicher, dass deine eigenen Gedanken wesentlich wichtiger sind als alles, was ich über deine Zukunft zu sagen habe."

„Beruhige dich", grummelte Riley und setzte sich auf. „Ich höre ja zu."

„Sicher", grinste er. „Dann sag mir, was ich eben erzählt habe über die Gewinne der letzten sieben Monate."

Brady prustete. „Er könnte in die Bücher schauen und würde nichts verstehen."

Normalerweise hätte sich Riley bei dieser Bemerkung beschwert – Zahlen waren schon seit Schultagen nicht seine Stärke – doch dieses Mal war er froh darum.

„Das letzte Mal, als ich nachgesehen habe, Bruder", erinnerte ihn Riley, „war ich dafür verantwortlich, die Stühle mit Ärschen zu füllen. Das letzte Mal, als ich nachgesehen habe, hatten wir seit der Eröffnung keinen schleppenden Abend. Ich mache meine Arbeit."

„Aye, indem du mit den Gästen flirtest", witzelte Sean.

„Das brauchst du gerade sagen."

„Ja, wie auch immer, versuche, nicht zu viele Herzen zu brechen." Quinn klang mit jedem Tag mehr wie ihre Mam, dachte Riley.

„Geht es dir gut?", fragte Brady. „Du bist in letzter Zeit nicht du selbst."

„Es scheint, als würdest du im All leben", fügte Sean hinzu. „Und du schleichst dich immer herum, kommst nachts spät nach Hause, gehst früh am Morgen. Was ist los?"

Sie starrten ihn alle an.

„Ich wünschte, ich hätte gewusst, dass ich heute einem Erschießungskommando gegenüber sitze, dann hätte ich meine Augenbinde und meine Zigaretten mitgebracht", grummelte Riley.

„Was ist, Mann?", fragte Brady.

„Nichts, wirklich. Mir geht es gut. Du hast recht, ich war in letzter Zeit nicht ich selbst, doch es ist nichts Ernstes."

„Ich wette, ich weiß, was los ist", neckte Brady.

„Dann schieß mal los", murmelte Riley.

„Eine Frau", riet Brady.

Die drei kicherten.

„Oh, oh. Hat Cupids Pfeil das Herz unseres Bruders gefunden?", fragte Sean mit wissendem Blick in Rileys Richtung, als er mitspielte. Wenn Sean nicht so nahe an der Wahrheit geschrammt hätte, hätte Riley mit ihnen gelacht. Stattdessen blickte er finster zu Sean und blieb still.

Mehr Gelächter.

„Haltet die Klappe", warnte er sie.

„Es gibt kein Leugnen", sagte Brady.

„Nein, er kommt nur über Lucy hinweg. Es ist zu früh, um wieder zu lieben", sagte Quinn.

Es schien, als könnten sie nicht genug davon bekommen, sich auf seine Kosten lustig zu machen. Er litt schweigend unter ihren Witzen. Doch alles war besser, als ihnen die Wahrheit zu sagen. Quinn würde ausrasten, wenn er wissen würde, dass Riley mit Erica schlief.

Das Gelächter verstarb und das Meeting ging weiter. Riley tat sein Bestes, um aufzupassen, wollte weiteren Spott vermeiden. Nach einer gefühlten Ewigkeit stand er auf und streckte sich, nachdem das Geschäftliche vorüber gewesen war.

Er hatte das Gefühl, dass Sean seine Aufmerksamkeit suchte, und er mied ihn absichtlich. Er war absolut nicht davon erfreut, wie Sean ihn verhöhnt hatte – von allen dreien hätte er es von Sean am wenigsten erwartet. Er war Rileys Zwilling. Er musste ihm den Rücken stärken.

„Es tut mir Leid, wie es vorhin gelaufen ist", sagte Sean, sobald klar war, dass Riley angepisst war. „Sei nicht sauer."

„Ich habe es nicht gerade begrüßt, das ist alles", sagte Riley, als er Inventur der Flaschen hinter der Bar und auf einem Klemmbrett Notizen machte.

„Ich weiß und deshalb entschuldige ich mich. Aber du kannst mir nicht die Schuld geben. Sie spüren, dass etwas los ist, genau wie ich es getan habe. Du bist so abwesend. Selbst wenn du da bist, ist es, als wärst du nicht da. Ist es, weil du nicht aufhören kannst, an sie zu denken, oder beunruhigt dich etwas?"

„Beides. Ich kann nicht aufhören, an sie zu denken. Und das beunruhigt mich. Ich bin verrückt nach ihr, Sean. Scheiß wahnsinnig nach ihr. Ich glaube, ich liebe sie."

„Glaubst du? Du weißt es nicht?"

„Ich glaube nicht, dass ich je zuvor eine Frau geliebt habe. Ich habe es mit Sicherheit noch zu keiner gesagt."

„Nicht mal Lucy?"

„Nein. Nicht mal ihr und wir waren jahrelang zusammen, selbst wenn man die Zeiten abzieht, in denen wir es nicht waren. Mit Lucy war es immer so turbulent. Mit Erica ist es leicht. Es scheint fast, zu leicht zu sein, weißt du? Ich warte nur auf die nächste Hiobsbotschaft."

145

„Du bist nur abergläubisch nach allem, was uns passiert ist. Rhian. Mam und Dad."

Ja, Bradys kleine Tochter und ihre Eltern zu verlieren, war traumatisch gewesen und würde jeden misstrauisch machen, einen weiteren geliebten Menschen zu verlieren, doch lag es daran? Oder wurde Riley nur in die Veränderungen hineingezogen, die er in Quinn, Brady und Conor gesehen hatte, seitdem sie sich verliebt hatten? Wollte er das für sich selbst?

Wenigstens konnte er mit Sean darüber sprechen.

„Denkst du, es ist nur Wunschdenken? Weil die anderen so tolle Frauen gefunden haben?"

Sean zuckte mit den Schultern. „Ich weiß es nicht. Ich kann nicht leugnen, dass sie sich einer nach dem anderen verliebt haben. Und naja, du weißt, was ich für meine Professorin Juliana Madison fühle. Sie hat etwas Besonderes. Und ich bin ganz versessen darauf, herauszufinden, was das ist, sobald das Semester vorbei ist. Aber ich nehme an, dass du die Chance hattest, wertvolle Zeit mit Erica zu verbringen, auch wenn es nicht viel war. Was denkst *du*?"

Es war eine große Erleichterung, endlich mit jemandem über sie reden zu können. „Ich weiß nicht. Sie ist ein großartiges Mädchen. Das wissen wir alle. Ich verbringe gerne Zeit mit ihr."

„Mehr als mit Lucy?"

Gott, warum konnten seine Brüder nicht aufhören, mit ihm über Lucy zu sprechen? Er war über sie hinweg. Absolut und vollkommen. Er hatte nie für Lucy gefühlt, was er für Erica fühlte. „Viel mehr. Es ist vollkommen anders. Sie ist ein anderer Mensch. Lucy war Spaß. Sie war eine Teenager-Freundin, wenn du verstehst, was ich meine. Die Art von Mädchen, mit der du gehst, während du in der Schule bist. Erica ist eine andere Geschichte. Sie weiß, was sie will.“

„Ja, aber sie will dich. Das heißt nichts Gutes.“

„Danke.“ Riley boxte ihn in den Arm und stand dann auf. Er fühlte sich hundert Mal besser als vor ihrem Gespräch.

„Dein Geheimnis ist bei mir sicher“, versicherte ihm Sean. „Ich werde nichts sagen, vor allem weil ich nicht will, dass Erica ihren Job hier bei uns verliert. Sie ist großartig.“

„Da stimme ich zu. Also bleibt es zwischen uns. Danke dafür.“

„Jederzeit.“ Sean ging zurück zur Arbeit und Riley seufzte. Es fühlte sich gut an, sich erleichtern zu können. Er wusste, dass er Sean vertrauen konnte, auch wenn es bedeutete, die Wahrheit vor ihren älteren Brüdern geheim zu halten.

KAPITEL SECHZEHN

„Was ist all das?" Erica sah sich im *The Stylish Irish* um, die Hände in die Hüften gestützt. Sie hatte es noch nie so dekoriert gesehen. Normalerweise war es ein witziger, warmer, einladender Ort mit alten Bildern, Erinnerungen von Irland und anderen Dekoartikeln, die den Gästen das Gefühl vermittelten, mitten in einem echten, authentischen Irish Pub zu sitzen.

Heute war es eine Sache für sich. Da waren Ballons und Krepp-Papier, Luftschlangen und ein großer Kuchen in der Ecke des Raumes. Erica blickte sich im Raum um, versuchte, einen der O'Neill Brüder ausfindig zu machen, um Antworten zu finden.

Ihre Augen weiteten sich, als sie bekannte Gesichter erblickte, eingeschlossen Anna Kincaid, Bradys Freundin. Sogar Lilly Parker, Quinns Freundin, war da. Zumindest, soweit Erica sie ausmachen konnte, da sie in Quinns Armen verschlungen war, der sich an eine der Säulen lehnte, die das Restaurant von ihrer Bäckerei abtrennte. Er war gerade dabei, sie ohnmächtig zu küssen, und es sah nicht so aus, als würden sie in nächster Zeit Luft holen.

Schließlich sah Erica Madlyn Sanchez, eine wunderschöne, kurvige Brünette, die an einem der Tische mit ihrem Sohn Jax lachte, der gerade für seine Mutter Grimassen zog.

„Hallo, Erica. Ich hoffe es geht dir gut?"

Erica drehte sich um und sah Conor O'Neill, Rileys mittleren Bruder, neben sich stehen.

„Conor!" Sie umarmte ihn kurz. „Ja, mir geht's gut, danke. Und dir?"

„Fantastisch, Liebes. Danke."

Ihm *ging* es fantastisch. Jede Pore seines Körpers strahlte aus, wie glücklich er war. Er kam nicht oft ins Restaurant – er lebte mit Madlyn und Jax in San Francisco und würde bald seinen eigenen Massagesalon, *The Relaxation Cove*, eröffnen. Die Tatsache, dass er, Lilly und die anderen hier waren, deutete – gemeinsam mit der Deko – daraufhin, dass es in der Tat ein besonderer Tag war.

„Es ist der Geburtstag unseres Vaters", erklärte Brady, der auf ihrer anderen Seite erschien, barsch.

Erica machte ein langes Gesicht und ging sofort zu ihm, um ihn zu umarmen.

„Das tut mir leid", murmelte sie. Sie sah zu all den Brüdern und versuchte, mit ihrer Miene ihr Beileid auszudrücken.

„Kein Grund dafür, Mädel." Brady drückte sie und grinste dann. „Wir sind schließlich alle hier, um den Mann zu feiern."

„Oh, ich verstehe. Also kein trauriger Tag?"

„Schwerlich", unterbrach Sean und wischte noch einmal den Boden, bevor er die Stühle runternahm.

Erica half ihm. „Ich muss zugeben", murmelte sie diskret, „ich habe noch nie eine Geburtstagsparty für einen toten Menschen erlebt."

Quinn sprach hinter ihr, nachdem er es endlich geschafft hatte, seine Lippen von Lillys zu lösen. Sie war noch immer in seine Armbeuge gekuschelt, gerötet und überglücklich.

„Ich würde es nicht traditionell nennen, aber wir haben entschieden, das für unseren Dad zu tun. Wir machen dasselbe für Mam."

Die Ehrfurcht, mit der die Jungs von ihren Eltern sprachen, machte deutlich, wie sehr sie sie liebten und respektierten. Zumindest waren sie in der Lage gewesen, das Beste aus ihrer schrecklichen Situation zu machen, nach Amerika zu ziehen und ihr eigenes Geschäft zu eröffnen.

Riley betrat den Raum. Erica vermied, ihn anzusehen, versuchte, cool zu sein, obwohl ihr Herz bei seinem Anblick einen Sprung machte. Es wurde schwieriger, sich zurückzuhalten, wenn es um ihn ging.

Es lag Besorgnis um seinen Mund, um seine Augen. Jeder Körperteil zeugte von Spannung, ein klares Signal, ihm jeden Raum zu geben, den er brauchte. Lag es am Geburtstag seines Vaters oder war es etwas anderes?

Erica beschäftigte sich mit der Arbeit im Pub,

bereitete alles für den Abend vor. Sie planten ein großes Fest und sie musste sich auf einen extra gut gefüllten Kühlschrank und mehr Gläser vorbereiten.

Sobald sich die Türen öffneten, war der Raum gefüllt. Die meisten Gäste wussten nicht, dass es ein besonderes Fest war, doch sie waren nur allzu glücklich, Teil des Spaßes zu sein. Innerhalb einer Stunde floss das Bier in Strömen und die Musik trug alle auf den Wellen der Nostalgie mit sich. Es waren alte Lieder, die Musik, die Mr. O'Neill in seiner Jugend gehört hatte. Die Lieder, die er seinen Söhnen vorspielte, während sie aufwuchsen.

„Ich erinnere mich an die Sonntagmorgen nach der Kirche", sagte Sean und verteilte Pint Gläser gefüllt mit starkem, dunklen Ale. „Dad drehte seine alte Frank Sinatra Aufnahme auf und spielte sie den ganzen Tag. Ich glaube nicht einmal, dass es seine Aufnahmen waren, oder?"

„Sie haben seinem Vater gehört", antwortete Quinn.

„Richtig. Er liebte sie. Ich kann heute kein Sinatra hören, ohne an Sonntagnachmittag zu denken." Sean lächelte sanft, seine Augen voller Erinnerungen. Brady stand in der Zwischenzeit in der Mitte einer Gruppe von Stammgästen und erzählte eine Geschichte über die legendäre Stärke seines Vaters. Er war augenscheinlich der stärkste Mann in seinem Dorf und in seiner Jugend der Schwarm aller Mädchen gewesen. „Samstagabends sind sie in großen Gruppen ausgegangen. Die Mädchen schrien danach, von ihm auf seine Schultern gehoben zu werden, einfach, um ihm nahe zu sein. Er lachte mit Mam darüber und dachte, es machte sie eifersüchtig. Sie hielt ihn bei

Laune, rollte aber mit den Augen, sobald er sich umdrehte." Die Gruppe brach in Gelächter aus.

„Sie muss wohl sehr besonders gewesen sein, um zwischen all den anderen aufzufallen", sagte jemand.

„Aye", rief Quinn. „Sie trafen sich, als er nach Amerika kam. Und er war natürlich von ihrer Schönheit überwältigt."

„Hier." Sean nahm das Hochzeitsbild hinter der Bar hervor und zeigte es herum.

Erica hatte es oft bewundert. Es lag so viel von den Jungs in den Gesichtern ihrer Eltern, von der wunderschönen Form der Augen ihrer Mutter – nur Brady hatte die erstaunliche blaue Farbe geerbt – zu dem starken Kiefer und dem lässigen Lächeln ihres Vaters.

Sean schien die Gäste im Griff zu haben, also tippte Erica ihm auf die Schulter und bat um eine Pause. Er war entgegenkommend wie immer und sie schlüpfte durch die Küchentür. Verglichen mit dem rauen Geräuschpegel in der Bar schien die Küche nahezu still zu sein. Sobald sie außer Sichtweite war, lehnte sie sich an die Wand und seufzte, wischte sich mit dem Handrücken über die Stirn.

Da war Riley und half beim Frittieren. Sie hatte ihn noch nie zuvor dort gesehen – es war immer Brady, der sich darum kümmerte. Riley war normalerweise hinter der Bar oder bediente. Sie ging näher, zögernd aber neugierig.

„Warum bist du nicht da draußen bei deinen Brüdern?", fragte sie leise. „Du hast den ganzen Abend weder mit ihnen noch mit mir gesprochen. Hab ich etwas falsch gemacht?"

Er sah sie mit einem Lächeln an und schüttelte dann den Kopf. „Natürlich nicht. Was könntest du denn auch falsch machen? Du bist wundervoll."

Sie wusste nicht, ob sie ihn ernst nehmen sollte oder nicht. Seine Stimme triefte vor Sarkasmus. „Was ist es dann? Kannst du es mir sagen?"

„Lieber nicht", gab er zu. „Wenn es dir nichts ausmacht."

„Es macht mir nichts aus. Ich hatte nur das Gefühl … naja, als ob ich fragen sollte. Du verdienst es, jemanden zu haben, den es interessiert, wie es dir geht." Mit diesen einfachen Worten drehte sich Erica um. Sie hatte vor, nach draußen zu gehen, um etwas Luft zu schnappen.

„Was heißt das?"

Sie drehte sich um und sah Riley, der mit seinen Händen in die Hüften gestützt dastand. Sie schauderte. „Ich meine, was ich gesagt habe. Du verdienst, dass sich jemand interessiert. Wollen wir das nicht alle in Wirklichkeit? Jemanden, den es interessiert, ob wir glücklich oder traurig sind?"

Er grinste. „Es klingt so einfach aus deinem Mund, weißt du."

„Was ist so schwer daran? Ich verstehe das nicht. Du bist mir wichtig. Ich sehe, dass du verärgert wirkst, ich bemerkte, dass du heute Abend Abstand zu den Gästen hältst. Es ist natürlich für mich zu sehen, ob es etwas gibt, worüber du reden möchtest. Ich finde nicht, dass das so unnormal ist."

Sie sah, dass er hin- und hergerissen war – zwischen

dem Wunsch, sich zu öffnen, und dem Bedürfnis, seine sture Haltung zu bewahren. Sie lächelte sanft und ließ ihn vom Haken, als sie sich wegdrehte. Als sie, wie geplant, nach draußen ging, atmete Erica die frische Luft tief ein. Es war, nach der Wärme im Pub, eine Erleichterung. All die Menschen schufen eine Menge Hitze, genau wie das Hetzen hinter und vor der Theke.

Sie war nicht vollkommen überrascht, als sie hörte, wie sich die Tür hinter ihr öffnete und wieder schloss. Sie wartete, bis er sprach.

„Ich verstehe nicht, wie sie heute alle so glücklich sein können."

Erica schloss die Augen, als sie den Schmerz und die Unsicherheit in seiner Stimme hörte. „Das verstehe ich", murmelte sie.

„Nein, tust du nicht."

„Nein? Bist du sicher? Wir haben nie über meine Eltern gesprochen, oder?"

Pause. „Nein, haben wir nicht."

Sie drehe sich zu ihm und atmete tief durch. „Meine Mom ist in Indiana. Wieder verheiratet. Glücklich. Aber mein Dad ist auch gestorben, weißt du."

Rileys Augen weiteten sich. „Oh, verdammt. Das wusste ich nicht. Das tut mir Leid. Jesus, ich bin solch ein Idiot."

„Du bist kein Idiot. Ich habe nie darüber gesprochen. Das ist alles."

„Kann ich ... darf ich fragen ...?"

„Er war krank", erklärte sie. „Das Lustige ist, er war

immer die Gesundheit schlechthin. Jeder in der Stadt dachte, er würde für immer leben – er joggte immer, ging mit den Hunden spazieren, voller Energie, voller Vitalität."

„Mein Dad war genauso", bemerkte Riley. „Obwohl er die meiste Zeit im *The Crazy Yankee*, unserem Familienrestaurant in Dublin, verbracht hatte."

„Von allem, was ich gehört habe, waren unsere Väter sich ziemlich ähnlich." Ihr Vater hatte sich immer vor Armut gefürchtet, nachdem er darin aufgewachsen war. Er hatte seine Abende damit verbracht, sich darum zu sorgen, wo das Geld für ihre Rechnungen herkommen würde, ganz egal, wie gut es ihnen ging. „Was wenn", hatte ihn bis zu dem Tag geplagt, an dem er starb. Was wenn er sich bei der Arbeit verletzen würde? Was wenn er krank werden würde? Wie konnte die Familie überleben?

Erica fuhr fort. „Es war genauso überraschend für uns wie für jeden anderen, als er ins Krankenhaus kam – obwohl, das stimmt nicht wirklich. Wir wussten schon lange, dass etwas mit ihm nicht stimmte. Er beschwerte sich regelmäßig über Schmerzen im Brustkorb, doch als er einen Belastungstest machte, kam dieser ohne Befund zurück. Er hatte keine Probleme mit dem Herzen. Und dennoch, der Schmerz war immer da."

„Was war es?"

„Bauchspeicheldrüsenentzündung. Akut. Seine Bauchspeicheldrüse hat sich quasi aufgelöst."

„Shit." Riley sah entsetzt aus.

„Als der Höhepunkt da war und die Sanitäter ihn ins

Krankenhaus brachten, dachten sie, er hätte ein schwerwiegendes kardiologisches Problem. Er hatte so große Schmerzen, dass er brechen musste und sich am ganzen Körper verkrampfte. Doch er starb nicht an diesem Tag. Es dauerte drei Monate."

„O Gott. Wie schlimm. Es tut mir Leid. Das klingt so unpassend, nicht wahr?"

Erica nickte. „Aber es ist alles, was du sagen kannst. Ich weiß. Also wie du siehst, weiß ich, wie es dir geht. Zumindest ein bisschen. Es ist fünf Jahre her und noch immer vergeht keiner seiner Geburtstage ohne Weinen. Oder der Jahrestag meiner Eltern, der Jahrestag seines Todes oder sogar der Jahrestag des Tages, an dem er ins Krankenhaus kam. Er ging nach jenem Tag nie wieder nach Hause, weißt du." Ericas Kinn bebte und eine einzelne Träne löste sich. „Es ist noch immer wirklich schwer für mich, glücklich zu sein, wenn ich an ihn denke. Andere Menschen erzählen Geschichten und lachen und ich kann es, wenn ich muss. Doch meistens, wenn ich an ihn denke oder sein Lieblingslied im Radio gespielt wird, heule ich mir die Augen aus. Ich weiß nicht, ob ich je darüber hinwegkommen werde."

Die Befreiung auf Rileys Gesicht war wie Balsam auf Ericas Herzen. Wenn sie ihm einfach nur damit helfen konnte zu verstehen, was er durchmachte, dann schien ihr eigener Schmerz wertlos zu sein. Es hatte alles seinen Grund, auch wenn der Grund nur darin lag, ihm zu helfen.

„Ich werfe dir nicht vor, nicht da drinnen sein zu wollen", nuschelte sie und kam ihm näher. „Aber ich wollte auch nicht zusehen, wie du die Party verpasst. Man weiß nie. Es könnte Spaß machen."

Er schauderte und schaute zu Boden. „Ich weiß nicht. Wir standen Dad alle nahe, aber für mich … Die anderen gingen zu Mam, wenn sie Rat brauchten. Ich ging zu Dad. Wann immer eine Entscheidung anstand, ob ich Hilfe mit der Schule, Freundinnen, Heucheleien oder anderem brauchte – ich saß mit Dad vor dem Fernseher und wir redeten. Er gab vor, seinen Blick weiter auf die Sendung zu richten, denn irgendwie wusste er, dass ich so leichter mit ihm sprechen konnte. Doch er hörte immer zu. Er interessierte sich immer für mich."

„Es ist gut, dass du das weißt. Es ist gut, sich daran zu erinnern. Wenn du deine Meinung änderst, werde ich da sein", flüsterte sie. „Die ganze Zeit. Ich bin bei dir." Es war ein Risiko, so mit ihm zu sprechen. Sie wusste nicht einmal, ob er das wollte. Es schien etwas sehr Intimes zu sein, ihm zu sagen, dass sie für ihn da wäre, um ihn durch seinen Kummer hindurch zu unterstützen. Doch sie fühlte sich gezwungen, es zu sagen. Sie konnte es nicht aufhalten.

„Danke", murmelte er.

„Ich muss wieder rein." Erica nahm Rileys Gesicht in ihre Hände und küsste ihn, kurz aber heftig. Sie wünschte, die ganze Nacht bei ihm bleiben, ihn halten und den Schmerz ein wenig von ihm fernhalten zu können. Er lächelte sie kurz an und sie ging wieder rein.

Als sie an ihren Platz hinter der Bar zurückkehrte, sang fast der ganze Pub einen Song. *My Way*. Ein weiterer Sinatra Klassiker. Sie grinste, als sie die drei O'Neill Jungs sah, die aus voller Kehle sangen, die Arme umeinander gelegt.

Seans Augen leuchteten auf und er winkte jemanden zu sich. Erica drehte sich um und ihre Augen füllten sich mit Tränen, als Riley aus der Küche kam. Er gesellte sich zu seinen Brüdern, seine Stimme vermischte sich mit ihren und dem Rest des Pubs, Erica eingeschlossen. Als er sie ansah, erkannte Erica Trauer, aber auch Freude.

Und vielleicht war es ein Trick des Lichts oder einfach nur ihre wilde Vorstellung – aber sie glaubte, auch Liebe zu sehen.

KAPITEL SIEBZEHN

„Ich glaube, wir müssen reden, Bruder." Einige Tage waren seit Dad's Geburtstagsfeier vergangen und Riley war gerade in einer ruhigen, neckischen Unterhaltung mit Erica gewesen, als Quinn und Brady aus der Küche kamen.

„Was ist los?", fragte er und sah von einem zum anderen. Ihre Gesichter trugen einen halb-ernsten Ausdruck.

„Wir sollten das ungestört diskutieren."

Riley blickte zu Erica und richtete sich auf. „Ich habe keine Geheimnisse vor Erica."

Quinn lächelte. „Ist das so? Schön. Wir wollten wissen, ob du deine Trennung von Lucy härter nimmst, als du denkst."

„Was?", sagte Riley mit ungläubiger Stimme.

„Du lebst seit Wochen wie ein Mönch", begann Brady.

Riley erstarrte, fühlte sich wie ein gefangenes Tier. Er

schaute nicht zu Erica aus Angst, sie würde in Lachen ausbrechen und sie verraten.

„Vielleicht sollte ich doch gehen", sagte sie und zog sich von der Bar zurück.

„Nein, es ist in Ordnung", versicherte Riley ihr und nahm seine Augen nicht von seinen Brüdern. „Ist es das, was ihr denkt?", fragte er sie. „Dass ich ein sauberes, abstinentes Leben lebe, weil ich ein gebrochenes Herz wegen Lucy habe?"

„Was ist es dann? Du gehst, um sie zu sehen, machst für immer mit ihr Schluss und zeigst dann kein Interesse an irgendeiner Frau, die reinkommt und mit dir flirtet." Quinn schüttelte den Kopf, die Arme vor der Brust verschränkt. Mit seiner Lesebrille sah er sehr ernst aus, sehr nach dem älteren Bruder.

„Wir fragen nur, um sicherzugehen, dass du okay bist. Du bist ein junger Mann. Wenn du die Sache mit Lucy bereust, solltest du handeln." Brady klopfte Riley mit der Handfläche auf die Schulter. „Nicht wahr, Erica? Sag du es ihm. Du bist in seinem Alter. Er muss ihr hinterher, denkst du nicht auch?"

Erica biss sich auf die Lippe und Riley konnte sehen, dass sie Mühe hatte, nicht zu lachen. Dann wurde ihr Gesichtsausdruck neutral und sie nickte würdevoll. „Wenn Riley verliebt ist, sollte er definitiv etwas tun. Armer Kerl. Ich habe ihn noch nie so niedergeschlagen gesehen." Sie sah Riley mit großen, unschuldigen Augen an.

„Schau, sie denkt auch so", sagte Brady.

Riley hörte ihn kaum. Er war zu beschäftigt damit, mit

seinem Blick Löcher in Erica zu bohren. Sie schaffte es gerade so, sich zusammenzureißen. „Stimmt das? Du denkst also, ich sollte meine Liebe gestehen?"

„Ja. Du solltest Lucy sogar sofort anrufen. Wie spät ist es in Irland?", fragte sie.

„Oh, es ist nicht Lucy, der ich meine Liebe gestehen werde", sagte er.

Bei diesen Worten atmete Erica tief ein und ihr Ausdruck wurde ernst.

„Riley?", fragte sie leise.

Er blickte zu seinen Brüdern. „Ich bin nicht in Lucy verliebt. Und ich trauere nicht um das Ende unserer Beziehung. Und ich war die ganze Zeit alles andere als enthaltsam. Dennoch, ich bin verliebt. Ich hatte mich bis jetzt nur noch nicht getraut, es ihr zu sagen."

Erica klang, als hätte sie Mühe, genug Luft zu bekommen.

„Doch jetzt, da ihr mir die perfekte Gelegenheit bietet …"

Er sah Erica an. Ging zu ihr. Und nahm ihre Hände in seine. „Ich liebe dich, Erica. Und es interessiert mich nicht, ob meine Brüder es wissen. Nein, ich will sogar, dass sie es wissen. Ich bin es satt herumzuschleichen. Ich bin es satt, vorgeben zu müssen, dich nicht jede Sekunde des Tages berühren oder küssen zu wollen."

Stille. Die erste Person, die ein Geräusch machte, war Brady. Er schnaubte.

„Als hättest du gute Arbeit beim Verstecken und Vorgeben geleistet."

Riley schauderte. „Du wusstest Bescheid?"

Quinn lachte. „Natürlich haben wir es gewusst, du Marotte. Du warst nicht wirklich subtil. Ihr zwei mögt sogar das offensichtlichste Paar Idioten sein, das es je gegeben hat. Sich direkt hinter der Küche in die Vorratskammer zu schleichen. Komm schon."

„Also, all der Scheiß von wegen ich wäre nicht über Lucy hinweg?"

„Wo liegt der Spaß, einen kleinen Bruder zu haben, wenn man ihn nicht ab und an mal verarschen kann?", fragte Quinn und rang zwischen seinen Lachsalven nach Luft. „Oh, dein Gesicht war unbezahlbar!"

„Riley?"

Er drehte sich zurück zu Erica.

„Ich liebe dich auch."

Sie zog ihn näher an sich und er legte seine Arme um ihre Taille. Ihr Körper war warm, fest und lebendig in seinen Armen. Während sie sich küssten, spürte er, wie seine Brüder sich wegbewegten.

Es dauerte einige Minuten, bis sie sich schließlich voneinander lösten. Dann, ohne ein weiteres Wort, nahm Riley sie bei der Hand und zog sie zur Tür. „Wir nehmen uns den Rest des Tages frei!", rief er und wartete erst gar nicht auf eine Antwort seiner Brüder.

„Riley!", kreischte Erica mit hellrotem Gesicht. „Wir können nicht einfach mitten am Tag gehen."

„Warum nicht? Ich bin Miteigentümer dieses Restaurants und du hast mir eben gesagt, dass du mich liebst." Er hielt an und umfasste ihr Gesicht mit seinen

Händen. „Und ich habe dir gesagt, dass ich dich liebe. Ist das nicht genug, um zu feiern?"

Sie lächelte und beugte sich hoch, um ihn zu küssen. Dann flüsterte sie. „Lass die Feierlichkeiten beginnen!"

In wenigen Minuten erreichten sie Rileys Häuschen und fielen praktisch hinein. Sie konnten ihre Münder nicht voneinander lösen und Riley war bereits dabei, sie ihrer Kleidung zu entledigen, als Erica zurückwich. „Hmm …", flüsterte sie. „Es gibt da etwas, was ich gerne tun würde, und da wir am Feiern sind …"

„Und was wäre das?" Er griff nach unten, um ihren Arsch zu liebkosen, und staunte, wie rund und reif er war.

Sie glitt wortlos aus seinen Armen und ging auf die Knie. Er stöhnte wohlwollend, als sie mit ihren Händen seine Ausbeulung berührte. Sie rieb sie für eine Minute durch die Jeans, bevor sie die Hose aufknöpfte und den Reißverschluss öffnete.

„So schön", flüsterte sie und zog seinen Schwanz aus den Shorts. Die Berührung ihrer Hände auf seinem Steifen ließ ihn keuchen. Sie streichelte sanft und zärtlich, ihre Zunge umkreiste den pochenden Kopf.

„Ja, Baby", antwortete er stöhnend. Er vergrub seine Hände in ihrem Haar und hielt ihren Kopf still, als er leicht in ihren Mund stieß. Sie stöhnte zustimmend und schickte dadurch Vibrationen nach oben. Er keuchte und stieß tiefer.

Erica nahm ihre Hand, um zu streicheln, was ihr Mund nicht halten konnte. Die Sensation war überwältigend, purer Genuss, und er schloss seine Augen, um es voll und ganz in sich aufzunehmen. Er stieß härter, schneller, rein und raus in ihren feuchten Mund. Ihre Zunge rieb an der Unterseite seines Penis', ihre Lippen verengten sich um ihn, rieben und liebkosten den Kopf, bevor er sich wieder in ihr versenkte.

„Oh, Shit … Erica …" Er war so nah dran, die Spannung baute sich auf, er war fast bereit zu explodieren. Er versuchte, sich aus ihrem Mund herauszuziehen. „Ich komme", flüsterte er. Sie hielt ihn fest, was ihn verwunderte, und das Wissen, dass sie ihn in sich behalten wollte, war genug, um zu kommen. Er rang nach Luft, wichsend, und stöhnte leise, als er kam, schoss direkt in Ericas wartenden Mund.

Er konnte es nicht glauben. Als er fertig war und sein Verstand zu ihm zurückkehrte, zog er sich aus ihr heraus und nahm sie an den Schultern, um ihr aufzuhelfen. „Du bist unglaublich", flüsterte er.

„Gerade wenn ich denke, dass du mich nicht mehr überraschen kannst, schaffst du es doch." Er wickelte seine Arme um sie und umarmte sie fest. Er küsste ihre Stirn, ihre Wangen. „Ich will, dass du mich für immer überraschst."

Sie schluckte den nächsten Atemzug herunter. „Für immer, hm?"

„Ja", sagte er ernsthaft. „Du bist die erste Frau, die ich je geliebt habe. Die erste Frau, zu der ich die Worte ‚für immer' gesagt habe, Erica."

„Dann müssen wir noch ein bisschen mehr feiern, glaubst du nicht auch?"

KAPITEL ACHTZEHN

Riley hütete die Bar und dachte an die Nacht mit Erica, als sein Handy klingelte. Er lächelte, als er es aus der Tasche zog. Die Jungs waren alle im Restaurant, also konnte es nur eine andere Person sein. Sonst rief ihn fast nie jemand an.

Nur, dass es nicht Erica war. Das Lächeln verschwand auf seinem Gesicht, als der Name „Lucy" erschien.

Er sah sich um und geriet etwas in Panik. Dann erinnerte er sich daran, dass es nur Lucy war. Die Lucy, die er schon immer kannte. Er konnte sich jedoch nicht vorstellen, warum sie anrief. Als er abnahm, tat er das mit besorgter Miene.

„Hey", sagte er und hoffte, gewöhnlich genug zu klingen.

„Selber hey", sagte sie. Ihre Stimme war ihm so vertraut wie seine eigene oder die seiner Brüder.

„Wie geht es dir?"

„Ziemlich gut. Und selbst?"

„Ich kann mich nicht beschweren."

„Wie geht's den Jungs?"

„Denen geht es gut. Wir sind gerade bei der Arbeit." Er hoffte, dass sie merken würde, dass er versuchte voranzukommen, dass er beschäftigt war. Es war kein guter Zeitpunkt. Es würde eigentlich nie ein guter Zeitpunkt sein. Warum würde sie einfach so anrufen?

„Tut mir leid, dich zu stören", sagte sie. „Hör mal, es gibt da etwas, worüber wir reden müssen."

„Oh?" Riley war sich plötzlich sehr sicher, dass er nichts davon hören wollte. Etwas in ihrer Stimme sagte ihm, dass sie keine guten Nachrichten hatte.

„Ja. Hör zu … ich bin schwanger."

Er streckte eine Hand aus, um sich an der Bar festzuhalten, um sich selbst abzustützen. Er sah sich erneut um und betete, dass keiner der anderen reinkommen und ihn halb erledigt sehen würde.

„Bist du sicher?", fragte er. Es waren die einzigen Worte, die aus seinem Mund kamen. Er wusste nicht, was er sagte. Er war zu entsetzt, um sich selbst zu hören. Sein Kopf schrie, selbst als er ruhig blieb.

„Sehr sicher", bestätigte Lucy. „Ich hab einen Test gemacht und der hat sofort positiv angezeigt."

„Jesus", murmelte er. Sein Herz hämmerte wie eine Basstrommel in seiner Brust, drohte auszubrechen. *Ein Baby.* „Ich will nicht wie ein Depp klingen, aber …"

„Es ist dein Kind, Riley. Du bist der einzige, mit dem ich zusammen war." Er bezweifelte das stark, aber für den Augenblick musste er ihr glauben. Es hatte keinen Sinn, darüber zu streiten.

„Jesus." Es schien alles zu sein, was er sagen konnte. „Wir haben ein Kondom genutzt. Und ich dachte, du nimmst die Pille? Hast du aufgehört?"

„Nein, aber erinnerst du dich an die Probleme, die ich mit meiner Nasennebenhöhle hatte, als du kamst? Der Arzt hatte mir Antibiotika verschrieben. Ich wusste nicht, dass das die Pille durcheinander bringt. Ich habe es erst eben nachgeschaut."

„Shit. Man würde meinen, er hätte dir das sagen können."

„Er hatte keine Ahnung. Er ist nicht mein Gynäkologe."

Er wollte nach etwas schlagen, oder nach jemandem. Er trat nach draußen auf die Straße.

„Was willst du machen?", fragte er und stieß seine geschlossene Faust in die Handfläche der anderen Hand.

„Ich wollte natürlich erst mit dir sprechen", sagte sie. Ihre Stimme war voller Sorge. Riley schloss die Augen – wenn sie wirklich mit seinem Kind schwanger war, wollte er sie nicht verärgern.

„Du redest mit mir. Was denkst du?"

„Ich weiß nicht. Was denkst du?" Sie klang genauso nervös wie er. Sie war keines dieser eingebildeten Mädchen, die es einem Kerl vorhielten, nachdem er sie geschwängert hatte. Sie wusste legitimer Weise nicht, was sie tun sollte. Da wusste Riley, dass es ein Unfall gewesen war – sie hatte es nicht geplant, wie er zuerst angenommen hatte. Er konnte nicht anders.

„Ich bin mit allem einverstanden, was du tun möchtest." Er wusste nicht, was er sonst sagen sollte. Seine ganze Welt fiel zusammen und seine Zukunft – seine Beziehung mit Erica um Himmels Willen – zerbrach plötzlich vor seinen Augen.

Warum zum Teufel hatte er überhaupt mit ihr geschlafen? Sein Verstand hatte gewusst, dass er sich nicht wieder auf sie hatte einlassen sollten. Er wusste, dass er sich in Erica verliebt hatte. Doch er und Erica waren zu jenem Zeitpunkt nur Freunde gewesen. Und obwohl er nicht vorgehabt hatte, mit ihr zu schlafen, war er nach Irland gegangen, um sich sicher zu gehen. Sicher, dass es keinen einzelnen Fetzen Zweifel gab, dass er mit einer anderen Frau zusammen sein wollte. Besonders wenn es um eine Frau wie Lucy ging, die immer in der Lage gewesen war, ihn zurückzugewinnen.

„Ich brauche ein bisschen Zeit, um darüber nachzudenken", sagte sie langsam. „Ich will aber nicht abbrechen. Das würde sich nicht richtig anfühlen." Sie waren beide katholisch, wie die meisten Leute, die sie kannten, und es war zu Beginn ein ausreichend großes Problem für sie gewesen, die Pille überhaupt zu nehmen. Der Arzt hatte sie ihr zuerst verschrieben, um ihr bei ihrer Periode zu helfen, was von ihrem lokalen Priester als akzeptabel eingestuft worden war.

Riley stellte sich den alten Mann vor, der höhnisch zu ihnen herabgrinste. Ihm sagte, dass er seine Verantwortung annehmen und das Mädchen heiraten musste. Das Mädchen, das er mochte, aber nie wirklich geliebt hatte.

Nicht auf die Weise, wie er Erica liebte.

„Ich bin bei dir", schaffte er zu sagen.

„Ich ruf dich morgen an, okay? Es ist verdammt spät hier und ich bin hundemüde."

„Klar, ja. Ruf mich an." Er legte auf und fühlte sich wie gelähmt. Der Ärger war weg, der Frust und der Schock auch. Da war nichts in ihm außer leere, starrende Taubheit.

Ein Baby. Er würde Vater werden. Gerade als er alles geregelt hatte, als er eine Frau gefunden hatte, die ihn glücklich machte, die Vertrauen in die Zukunft hatte. *Ich wusste, dass ich sie nicht verdiente. Ich wusste, ich würde sie enttäuschen.*

KAPITEL NEUNZEHN

In dem Moment, als Erica an diesem Abend das Restaurant betrat, wusste sie, dass etwas nicht stimmte.

Zuvor hatte es sich wie jede andere Nacht angefühlt, obwohl es etwas ruhiger war als gewöhnlich. Sie hatte sich darauf gefreut, einige Minuten zum Relaxen zu finden, mit den Gästen zu plaudern. Sie dachte, sie würde vielleicht sogar die Möglichkeit bekommen, etwas ungestörte Zeit mit Riley zu verbringen. Der Gedanke füllte sie mit einer warmen, glühenden Freude, wie er es immer tat. Sie konnte es nicht erwarten, ihn wiederzusehen, und dachte sich bereits Ausreden aus, damit sie sich zusammen wegschleichen konnten, wenn sie reinkam, obwohl sie keinen Grund mehr hatten, sich gemeinsam wegzuschleichen.

Doch es würde noch immer Spaß machen, es zu tun. Einen Platz zum Verstecken zu finden und eine Weile rumzumachen. Wo würden sie es heute Nacht tun? In der Speisekammer? Im Tiefkühlschrank – kalt, aber er würde sie warm halten? Hinter dem Pub in den Schatten? Es spielte keine Rolle, solange sie ihn berühren konnte.

Dann kam Erica durch die Hintertür und lief direkt gegen eine Mauer der Unbehaglichkeit. Die Anspannung war so dick, dass sie sich kaum bewegen konnte.

Brady und Quinn standen in der Küche, tief im Gespräch versunken. Sie konnte ihre Worte nicht verstehen, doch ihre Körpersprache sagte ihr, dass etwas los war. Es lag eine Menge Sorge in ihrer Unterhaltung, die Tonhöhe ihrer Stimmen deutete das an. Ihre Gesichter waren von Unruhe gezeichnet. Sofort dachte sie an das schlimmste Szenario.

„Ist etwas passiert? Ist Riley okay?"

Quinn drehte sich mit ernstem Ausdruck zu ihr. „Ihm geht es gut, Erica." Sein Gesicht erzählte jedoch eine andere Geschichte, genau wie Bradys. Sie sahen beide benommen aus und um Jahre gealtert, seit sie und Riley am Tag zuvor gegangen waren.

Sie wollte nicht drängen und es war offensichtlich, dass sie von ihnen keine Antwort bekommen würde, also verließ sie die Küche, nachdem sie eingestempelt hatte, und ging zur Bar. Sean war dort und stapelte Gläser.

„Guten Abend, mein liebster O'Neill Zwilling!" Sie grinste und tätschelte ihm die Schulter, bevor sie sich die Schürze umband.

Er lächelte nicht – es sah in der Tat mehr so aus, als würde er zusammenzucken. Sie bemerkte, dass er sie nicht ansah.

„Hey, Erica." Er hob das Gläsergestell hoch, nachdem

er es vollständig beladen hatte. „Riley ist im hinteren Büro. Er wartet auf dich."

Er sprach verhängnisvoll und resigniert wie ein Henker, als er zur Küche ging, doch sie berührte seinen Arm, brachte ihn dazu, anzuhalten und die Gläser abzusetzen. Ihr Magen verknotete sich.

„Was ist los, Sean?"

„Du musst mit Riley sprechen, Erica."

O Gott, dachte sie. Sie würden sie feuern. Wegen dem, was gestern passiert war. Anderenfalls würde Riley mit ihr Schluss machen. Er hatte entschieden, dass er sie nach allem doch nicht liebte. Und *deshalb* würden sie sie feuern. Weil er sie loswerden wollte.

Sie konnte nicht anders. Sie war so glücklich gewesen und jetzt wollte Riley mit ihr sprechen und seine Brüder waren besorgt und sahen sie voller Mitleid an; ihre Augen wurden feucht.

Sie wischte sich die Tränen aus dem Gesicht, wütend, weil sie vor Sean weinte, obwohl sie nicht einmal wusste, was zum Teufel vor sich ging.

Sean wurde blass und seine Augen rund. „Oh, nein. Weine nicht, Erica. Fuck, es tut mir leid." Er tätschelte ihre Schulter und sie schreckte zurück, gerade als Brady aus der Küche kam.

Sofort sah er Seans miserablen Ausdruck und ihre Tränen. „Shit, Sean. Hast du ihr von dem Baby erzählt?"

Ihr Kopf wirbelte in seine Richtung, ihre Augen waren geweitet.

„Verdammt, Brady. Ich habe überhaupt nichts

gesagt."

Sie sah zu Sean und dann wieder zu Brady. „Welches Baby? Worüber sprecht ihr?"

Sean sah verzweifelt aus. „Geh ins Büro, Erica. Riley wartet dort auf dich."

„Er – er bekommt ein Baby? Mit einer anderen Frau?", flüsterte sie.

Natürlich war es mit einer anderen Frau. Es war mit Sicherheit nicht mit ihr.

„Erica."

Sie wirbelte herum und erblickte Riley, der vorne im Flur stand, der zu den Toiletten und dem hinteren Büro führte. Sie sah die Antworten zu ihren Fragen in seinem Gesicht.

Sie konnte nicht sprechen. Sie konnte nicht denken. Alles, was sie tun konnte, war innerlich zu schreien. Alles brach auseinander.

„Lucy", flüsterte sie. „Du hast mit Lucy geschlafen, als du in Irland warst."

Mit engem und grimmigem Mund nickte er.

Sie sollte sich nicht betrogen fühlen. Ein rationaler Teil ihres Verstands wusste das. Sie waren damals noch nicht zusammen gewesen. Und während er weg war, war sie mit Rob ausgegangen. Sie hatten nicht miteinander geschlafen, aber sie waren dem verdammt nahe gekommen.

„Also gut", sagte sie, unwissend, was sie sonst sagen sollte. Sie wusste nur, dass sie den mitleidsvollen Blicken entkommen musste. Sie konnte nicht rational denken. Sie wollte Riley anschreien. Sie wollte Gläser und Flaschen gegen ihn werfen.

Nein, er hatte sie nicht betrogen und sie hatte kein Recht, so wütend auf ihn zu sein.

Doch sie *war* wütend. Nicht so sehr mit ihm wie mit dem Schicksal. Sie hatte begonnen zu glauben, dass sie glücklich miteinander sein könnten. Dass sie vielleicht sogar eine Chance auf ein ‚für immer‘ hatten, genau wie Riley es gesagt hatte.

„Erica, Liebling", sagte Riley und ging um die Bar herum zu ihr.

„Nein!", schrie sie.

Er erstarrte.

„Ich muss arbeiten", sagte sie. „Warum reden wir nicht später darüber?"

Er sah sie an, als sei sie verrückt. Sie alle taten das.

„Geh mit Riley nach Hause. Redet über alles. Ich kann deine Schicht übernehmen", sagte Sean.

Sie schüttelte mit dem Kopf, fühlte sich noch immer wie betäubt. „Ich muss arbeiten."

„Du musst mit mir reden", sagte Riley.

Sie schüttelte erneut den Kopf und Riley schauderte.

„Also, so läuft es nun? Du wirst mich einfach ignorieren? So tun, als würde es nicht passieren?"

„Oh, es passiert. Ich verstehe, dass es passiert. Doch am Ende hat es nichts mit mir zu tun, oder?"

Sie hörte und sah, wie er schluckte. Er griff nach vorne und legte eine Hand auf die Bar, als würde er ohne diesen dürftigen Support fallen. „Es hat nichts mit dir zu tun?"

„Nein. Du und Lucy und euer Baby. Darum geht es hier. Du musst dich um all das kümmern, also brauchst du dich um mich keine Gedanken zu machen."

„Was zum Teufel? Also das war's dann? Was kommt als nächstes? Wünschst du mir alles Gute? Kaufst du mir eine Schachtel Zigarren?"

„Tu das nicht, Riley. Ich versuche nur zu sagen, dass ich verstehe, dass du im Moment mit einigem klarkommen musst."

Ihr war plötzlich kalt und sie schlang die Arme aus Selbstschutz um sich.

„Es klingt, als würdest du sagen, dass ich alleine damit klarkommen muss."

Ihre Augen weiteten sich, als sie den Ärger in seiner Stimme hörte. „Riley, du bekommst ein Kind mit einer anderen Frau", erinnerte sie ihn.

„Ja, wegen etwas, das geschehen war, bevor wir zusammen waren. Bevor wir uns unsere Liebe erklärt haben. Etwas, das mir zeigt, dass Liebe vielleicht, zumindest auf deiner Seite, doch nicht das war, was ich dachte."

„Du liegst falsch", sagte sie und ihr Herz sank. Sie war ernüchtert, geschlagen. „Ich liebe dich, Riley. Darum gebe ich dir den Raum und die Zeit, damit klarzukommen. Herauszufinden, was du willst." Um am Ende herauszufinden, ob du immer noch mich willst, dachte sie. Denn die Dinge waren nun anders. Riley hatte ihr selbst gesagt, dass er immer wieder zu Lucy zurückgegangen war. Er hatte gedacht, das sei vorbei, doch nun bekamen sie zusammen ein Kind.

Er lachte barsch. „Du meinst, du willst herausfinden, was *du* möchtest. Denn es scheint, als willst du *mich* nicht mehr. Nicht, wenn ich mit Baby im Gepäck komme. Dann hau ab", sagte er und wedelte mit der Hand.

„Riley", sagte Quinn und legte eine Hand auf Rileys Schulter.

Erica blinzelte. Sie hatte vergessen, dass sie nicht allein waren. Doch jetzt, als sie sich im Raum umsah, konnte sie sehen, dass sich Rileys Brüder um sie versammelt hatten. Die anderen standen etwas entfernt, als würden sie ihnen einen Schein von Privatsphäre zum Reden geben, doch Quinn stand nun hinter seinem kleinen Bruder und versuchte offensichtlich, seine Hilfe anzubieten. „Ihr seid beide verärgert", sagte Quinn. „Das war zu erwarten. Doch sagt nichts, was ihr später bereuen werdet."

„Dafür ist es zu spät", sagte Riley. Er nagelte Erica mit seinem Blick fest, bevor er Quinns Berührung abschüttelte. „Vielleicht ist es das Beste so. Vielleicht war ich die ganze Zeit dazu bestimmt, zurück nach Irland, zurück zu Lucy zu gehen."

Ericas Magen zog sich mit jedem seiner Worte enger zusammen. Sie hielt den Atem an, als sie darauf wartete, dass Riley den tödlichen Hieb landete. „Ich dachte, hier in Forestville etwas zu haben, etwas das mein Herz zusammenhält und mich für den Rest meines Lebens glücklich machen würde. Doch ich schätze, ich lag falsch." Er drehte sich auf dem Absatz um und lief weg, bis er hinter der Ecke verschwand. Er ging eindeutig in Richtung

Büro.

Erica stand zitternd hinter der Bar. Sie bedeckte ihren Mund mit einer Hand, nur für den Fall, dass das volle Ausmaß ihrer Trauer es schaffen würde, irgendwo zwischen Wimmern und Schrei auszubrechen. Sie musste hier raus!

Und dennoch zögerte sie. Wartete darauf, dass Riley zurückkam. Sie wollte nicht wirklich gehen, hatte das Gefühl, es gab noch so viel zu sagen – da war so viel in ihrem Herzen, das tonnenschwer auf sie drückte. Sie wollte Riley sagen, dass sie ihn noch immer liebte. Dass sie ihn noch immer wollte. Doch sie konnte sich nicht dazu bringen, irgendetwas zu sagen. Weil er nicht wissen konnte – er konnte nicht wissen, wie sich seine Gefühle für die Mutter seines Kindes entwickeln würden, sobald er sein Kind in den Armen hielt.

Und wo würde Erica dann bleiben?

Ihr Herz brach bereits. Wenn sie sich erlaubte zu hoffen, dass Riley sie wählen würde, wenn sie bei ihm blieb und er sie am Ende nicht …

Sie schüttelte den Kopf.

„Erica …"

Sie fühlte Quinns Berührung nun auf ihrem Arm. Sie starrten sie alle an, ihre Blicke voller Mitleid und sie konnte es keine Sekunde mehr aushalten. Sie konnte nur zurückweichen und nach draußen rennen. In ihren Wagen steigen und wegfahren.

Während sie ihr Herz in Scherben zurückließ.

KAPITEL ZWANZIG

Riley wachte mit Sonnenstrahlen im Gesicht auf und zuckte zusammen, als ob es brennen würde, zu Bewusstsein zu kommen. Er rollte sich weg und suchte wie ein Vampir den Schatten in der Ecke seines Bettes. Er bedeckte seinen brummenden Schädel mit der Bettdecke und vergrub sich selbst.

Er konnte kaum denken, so stark pochte sein Kopf. Es wäre am besten weiterzuschlafen.

Wie spät war es? Es spielte keine Rolle. Nichts spielte eine Rolle. Er war sich nicht vollkommen sicher, was los war, doch so viel wusste er. Nichts war wichtig außer zu schlafen und etwas zu vermeiden … aber was? Was war es? Er fühlte sich seltsam entrückt.

Dann kam alles zurück. Alles, von dem Moment, als er Lucys Anruf erhalten hatte, bis zu dem Moment, als er zurück ins Restaurant kam, um Ericas zurückweichende Gestalt zu sehen. Er wäre ihr fast nachgegangen, doch er hatte Angst, mehr Dinge zu sagen, die er bereuen würde.

Oder dass sie es tat.

Er verstand ihren Schock, doch die Art, wie sie scheinbar sofort seine Wichtigkeit ihr gegenüber aufgegeben hatte, hatte ihm einen mächtigen Schlag versetzt. Er war gegangen. Zurück ins Büro. Doch dann war es ihm gekommen – was sie gesagt hatte, hatte nicht geschmälert, wie wichtig er ihr war, sondern wie wichtig sie ihm war.

Was hatte sie gesagt?

Sie hatte versucht, das Richtige zu tun. Ihm Zeit und Raum zu geben, um herauszufinden, was er wollte. Weil sie Angst davor hatte, dass er sie nicht länger wollte.

Fluchend war er zurück ins Restaurant gegangen, entschlossen, zu ihr durchzudringen und ihr zu verstehen zu geben, dass ein Baby weder seine Gefühle für sie noch für Lucy ändern würde, doch er kam zu spät. Sie war weg.

Er war am Boden zerstört gewesen und hatte getan, was er geschafft hatte, nicht zu tun, als er Lucys Anruf erhalten hatte. Er hatte angefangen zu trinken. Dann hatte er mehr getrunken.

Der Gedanke an das Baby und alles, was es mit sich brachte, versetzte seinen Magen in Panik und er krabbelte hektisch aus dem Bett und auf dem kürzesten Weg ins Badezimmer. Er schaffte es gerade so, bevor sein Magen seinen Inhalt auf gewaltsame Weise hinaustrieb. Es war besser so, da es ihm dabei helfen würde, sich nicht noch schlimmer zu fühlen, doch in diesem Moment war es elendig und schmerzhaft, sein Kopf klopfte wie ein Presslufthammer, als er würgte.

Minuten später wusch er sich sein Gesicht und spülte sich den Mund aus, dann lehnte er sich an das Waschbecken und versuchte, zu Atem zu kommen. Er hatte sich schon zuvor besoffen, schon oft. Er war starken Drinks gegenüber kein Fremder. Doch so schlimm hatte er sich mit Abstand noch nie gefühlt.

Er fing seinen eigenen Blick im Spiegel auf und fragte sich, wer ihn anstarrte. Wer war dieser gequälte alte Mann? 24 Stunden zuvor war er jung, ungestüm und sorgenfrei gewesen. Hatte sich auf eine weitere Nacht mit dem Mädchen, das er liebte, gefreut. Hatte tagsüber von ihr geträumt, geplant, sie in dem trockenen Abstellraum in die Ecke zu drücken und sie zu befummeln, während er sie küsste. Er hatte sich vorgestellt, wie sie seufzen und wimmern würde, wann immer er ihren festen, prallen Körper berührte.

Das würde nie wieder geschehen. Er hatte offiziell jede Chance für sie zerstört, die sie zusammen hatten.

„Fuck", knurrte er und starrte sich an. Was hatte er getan? Das war nicht er. Die Worte, die aus seinem Mund gekommen waren, als sie vor Schock taumelte, waren nicht seine gewesen. Sie waren die eines verängstigten, kleinen Jungen gewesen – von dem Riley bis zum jetzigen Zeitpunkt nicht gewusst hatte, dass er existierte. Der kleine Junge, der sich befreit hatte, als er die Neuigkeiten gehört hatte, dass er Vater werden würde.

Vater. Sein Magen drehte sich erneut um, obwohl er dieses Mal leer war. Trotzdem würgte er einmal, zweimal, sein Körper schwankte, als er an die Horrorvorstellung dachte, ein Vater zu sein. Er war nicht für solche Sachen gemacht. Jeder, der ihn kannte, würde das bestätigen.

Es war Folter, nicht zu wissen, was Lucy bezüglich des Babys vorhatte. Würde sie von ihm erwarten, sie zu heiraten? Ihre Eltern mit Sicherheit. Er stellte sich am Altar mit Lucy vor, den Lauf einer Schrotflinte im Rücken. Sein zukünftiger Schwiegervater mit einem Finger am Abzug.

Er dachte, sein Herz würde zerreißen, und alles, was er tun konnte, war zurück zum Bett zu stolpern und sich dort fallen zu lassen. Das Gewicht seiner Gedanken war zu schwer, um es zu ertragen.

Es gab noch immer die Möglichkeit, dass das Kind nicht von ihm war. Er wollte diesbezüglich kein Arschloch sein – so viele Männer versuchten, sich mit dieser Ausrede aus einer drohenden Vaterschaft herauszuwinden – doch er und Lucy hatten keine Exklusivrechte aneinander gehabt, als er in Amerika war, und er war sieben Monate lang weg gewesen. Sie hatte nicht zugegeben, andere Liebhaber gehabt zu haben, doch sie war ein wunderschönes Mädchen, das gerne Spaß hatte. Er würde sie nie als Schlampe bezeichnen. Er würde sie in einem kritischen Moment wie diesem nur bitten, ehrlich zu sein.

Nein, sie würde es niemals zugeben. Er würde einen Bluttest machen müssen, was bedeutete, hinfliegen und sich dem Zorn ihrer Eltern stellen zu müssen. Sie würde sich möglicherweise nicht einmal dazu bereit erklären.

Es war eine schöne Fantasie, sich vorzustellen, nicht der Vater des Kindes zu sein. Die Chancen standen jedoch hoch, dass er es war, und das war ihm bewusst. Er wollte es einfach nur nicht akzeptieren und klammerte sich an jeden noch so kleinen Grashalm.

Er stöhnte qualvoll, rollte sich auf die Seite und wünschte, einzuschlafen und einfach alles vergessen zu können. Doch Schlaf war, dank dem ihn überrollenden Sturm an kollidierenden Gedanken und Emotionen, nur schwer zu greifen. Ein Vater. Vaterschaft. Windeln - *Nappies* - und Kinderwägen – *prams*. Warte, so nannten sie die Babysachen hier in den Staaten gar nicht. Doch würde er dann überhaupt noch in den USA leben? Würde Lucy von ihm erwarten, zurück nach Irland zu ziehen? Nein. Keine Chance, dass er alles aufgeben würde, wofür er so hart gearbeitet hatte. Sie würde hierher ziehen, sich ein Leben in Kalifornien aufbauen müssen. Er konnte nicht alles zurücklassen – den Pub, die Schönheit der Landschaft, das Gefühl von Stolz und Freiheit. Es wäre zu viel verlangt, gleichbedeutend damit, ihn in einen Sarg zu stecken und zu vergraben.

Ein Klopfen an der Schlafzimmertür. Er erstarrte und hoffte, dass, wer auch immer auf der anderen Seite stand, weggehen würde, wenn er vorgeben würde zu schlafen. Ein weiteres Klopfen. Er schloss die Augen und versuchte die Person zum Gehen zu bewegen.

„Riley, ich bin es. Ich weiß, dass du wach bist – ich hab gehört, wie du rumgekotzt hast. Tolle Art, um aufzuwachen, vielen Dank." Sean klang alles andere als dankbar. „Komm schon, Junge. Raus aus den Federn."

„Hau ab", antwortete Riley, der noch immer unter den

Decken lag, die er sich über den Kopf gezogen hatte, als die Stimme seines Zwillings erklungen war.

Sean ging nicht weg. Stattdessen öffnete er die Tür und schloss sie hinter sich.

„Du hattest ja eine schöne Totenwache für dich selbst", murmelte er und setzte sich auf die Bettkante.

„Was?"

„Ich sagte, dass du eine schöne Totenwache hattest. Das Ende deines Lebens gefeiert hast. War es das nicht? Was du letzte Nacht getan hast?"

„Du hast doch keine Ahnung und ich wäre dir dankbar, wenn du mich allein lassen würdest."

„Du willst, dass die ganze Welt dich in Ruhe lässt. Verstehe ich. Würde ich auch wollen."

„Warum tust du mir dann nicht den Gefallen? Wenn du das so gut verstehst? Warum lässt du mich dann nicht allein?"

„Weil ich es in diesem Moment nicht kann. Ich kann dich das nicht alleine durchstehen lassen."

Riley schob die Decken zurück, um seinen Bruder anzusehen. „Warum nicht? Ich will allein sein."

„Nein, willst du nicht. Du willst bei Erica sein. Aber da sie gerade nicht hier ist, musst du mit mir vorlieb nehmen. Versuch nur nicht, auf mich einzuschlagen, wie du es bei Brady getan hast."

Das gab Riley zu denken. Er suchte seine Erinnerung ab, doch da war nichts von der vorherigen Nacht. Sean lächelte wissend.

„Aye, wir haben angenommen, dass du dich heute

nicht an deine Taten von gestern erinnern würdest. Du hast dich im Restaurant ziemlich besoffen, bevor wir dich heimgetragen haben, wo du dann weitergetrunken hast."

„Hab ich Brady tatsächlich geschlagen?"

„Du hast ihn meilenweit verfehlt. Du hast dich selbst im Kreis herum geschwungen und bist auf deinen Hintern gefallen."

„Tut mir Leid."

„Weiß ich, Junge. Du warst nicht du selbst. Das wissen wir alle. Du hattest einen ganz schönen Schock."

„Milde ausgedrückt", nuschelte Riley.

„Was wirst du tun?"

„Ich habe nicht wirklich ein Mitspracherecht, oder? Ich warte auf Lucys Anruf. Dann werden wir darüber reden."

„Das ist nett, aber nicht, was ich meine. Wie wirst du damit klarkommen? Du selbst? Wirst du die ganze Zeit im Bett bleiben? Dich verschanzen, bis das Baby kommt? Oder dich bei jedem, der dir über den Weg läuft, als verrückter Idiot benehmen?"

Riley starrte seinen Bruder trübselig an. „Rede nicht über die Dinge, von denen du keine Ahnung hast", warnte er. „Ich meine es ernst. Du bist noch nie in meiner Situation gewesen. Du hast keine Ahnung, wie es sich anfühlt."

„Nein, aber ich weiß, wie wir fühlen. Wir wollen für dich da sein, Bruder. Du musst uns nur lassen."

„Das weiß ich", antwortete er mit schwerem Seufzen.

„Und du musst sie auch lassen. Denn sie wird für dich

da sein wollen. Sie muss nur zuerst die Dinge verarbeiten und daran glauben, dass du sie wählen wirst." Sean spähte aus dem Augenwinkel zu seinem Bruder. „Du weißt, dass das ihre größte Angst ist, oder? Dass du Lucy und das Baby über sie stellen wirst?"

„Das ist, was ich angenommen habe. Ich hätte ihr einfach nur ihren Freiraum lassen sollen. Oder sie rückversichern sollen. Stattdessen war ich so ein Narr."

„Nicht überraschend. Du musstest selbst einen Schock überwinden. Wenn sie dich kennst und sich so sehr für dich interessiert, wie ich es glaube, dann wird sie das realisieren und ihr werdet die Dinge auf die Reihe kriegen."

Riley bedeckte sein Gesicht mit seinem Arm. „Ich habe alles ins Chaos gestürzt, alles kaputt gemacht."

„Du kannst es noch retten."

„Das glaube ich nicht."

„Aber ich. Wie gesagt, ich habe ihr Gesicht gesehen. Ich habe ihr Gesicht in den vergangenen Wochen gesehen. Sie liebt dich."

„Und ich liebe sie. Doch das hier ist groß …"

„Es ist chaotisch. Das Leben ist chaotisch. Aber du wirst das mit Lucy schon regeln. Entscheiden, wie es weiter geht. Und dann wirst du eine Lösung mit Erica finden, denn sie ist ein tolles Mädchen."

„Was ist, wenn Lucys Eltern wollen, dass wir heiraten? Was dann?" Riley zog den Arm von seinem Gesicht weg und sah seinen Bruder mit echter Angst an.

Sean lachte. „Wir sind erwachsen, keine geilen

Sechzehnjährigen, die unter der Fuchtel unserer Eltern sehen. Mach dir deshalb keine Sorgen. Was wollen sie tun? Dich kidnappen? Dich tretend und schreiend zurück nach Irland schleppen?"

Riley nahm Vernunft an. „Trotzdem. Ich will das Richtige für sie tun."

„Und das wirst du auch. Du bist ein guter Kerl, auch wenn du versuchst, es zu verstecken."

„Danke", sagte er säuerlich und setzte sich dann auf. „Au, mein Kopf."

„Ich hol dir Aspirin, okay? Und du nimmst eine Dusche, dann wird es dir besser gehen. Und dann stellst du dich deinen Problemen. Komm schon. Ein neuer Tag, wie Mam immer gesagt hat."

Sie hatte das tatsächlich immer gesagt. Riley dachte an sie, als Sean den Raum verließ. Was würde sie denken, wenn sie noch da wäre? Zuerst würde sie ihren Sohn grün und blau schlagen, weil er solch ein Idiot war – vielleicht sah sie zu ihm herunter und genoss seinen Kater, weil sie nicht selbst da war, um ihn zu bestrafen. Dann würde sie ihn daran erinnern, dass immer zwei dazu gehören. Sie würde ihm etwas liebevolle Strenge zukommen lassen, doch immer hinter ihm stehen. Genauso wie seine Brüder.

KAPITEL EINUNDZWANZIG

Nach einer schlaflosen Nacht akzeptierte Erica die Wahrheit. Sie konnte Riley nicht den Rücken zuwenden aus Angst, ihn an Lucy und das Baby zu verlieren. Er hatte gesagt, dass er sie liebte, und sie liebte ihn. Er brauchte sie jetzt, und während es verständlich war, dass sie sich selbst vor einem zukünftigen Herzensbruch schützen wollte, hatte sie ihm einen schlechten Dienst erwiesen, in dem sie handelte, als hätte er sie irgendwie betrogen.

Die Frage war, ob sie ihn als Freund oder als Frau, die noch immer eine Beziehung mit ihm haben wollte, unterstützen sollte. Es war ein Konflikt, wie sie ihn noch nie erfahren hatte. Obwohl sie ihn liebte, war sie sich nicht sicher, ob sie bereit war, das Baby einer anderen Frau in ihrem Leben zu akzeptieren. Das Symbol von Rileys Beziehung mit Lucy. Ein Kind, das unzweifelhaft eine starke Ähnlichkeit mit dem O'Neill Clan haben würde aber eben auch mit seiner oder ihrer Mutter.

Sie hatte sich für die nächsten Jahre kein Baby in ihrem Leben vorgestellt – weder ihr eigenes noch das einer anderen Frau. Mit einem Mann zusammen zu sein, der ein Baby hatte, würde kompliziert sein. Sie hatte noch ihr ganzes Leben vor sich, große Pläne, die sie durchziehen wollte. Pläne, die sich möglicherweise verändern müssten, wenn ein Baby ihr Leben betrat.

Doch wenn sie an all diese Pläne dachte ... an den College-Abschluss und an die Eröffnung eines eigenen Weinguts ... an eine Hochzeit und Kinder in der Zukunft ... all das beinhaltete in ihrem Kopf Riley. Niemanden sonst.

* * *

Als Erica später zur Arbeit ging, hatte sie mit sich selbst ausgemacht, mit Riley zu sprechen und ihm ihre Unterstützung anzubieten. Sie war sich noch immer nicht sicher, was die Zukunft für sie bieten würde, doch sie hatte schließlich entschieden, dass es die Gegenwart war, die am meisten bedeutete. Sie liebte Riley. Sie wollte mit ihm zusammen sein. Sie wollte ihm durch eine schwere Zeit hindurch helfen. Ende der Geschichte.

Als sie zum *The Stylish Irish* kam, musste sie leider feststellen, dass Riley sich den Tag freigenommen hatte. Vielleicht war es besser so, dachte sie. Sie konnte sich selbst in Arbeit begraben, während Riley mehr Zeit hatte herauszufinden, was er tun wollte.

Donnerstags waren für gewöhnlich geschäftige Tage im Pub. Irgendwann waren Donnerstage zu Freitagen geworden. Viele Menschen gingen aus, um sich auszutoben und einfach mal loszulassen, selbst die in den schläfrigen Städten wie Sonoma. Zugegeben, man konnte sich im *The Stylish Irish* nur bis zu einem bestimmten Grad austoben. Die Jungs hatten das sichergestellt, als sie die Bar eröffnet hatten, und vollstreckten einen Grundsatz mit niederer Toleranz für Aufrührer. Sie waren entgegenkommende, liebenswerte Jungs, doch nur bis zu einem bestimmten Punkt. Sobald ein Gast außer Kontrolle geriet, wurde er gebeten zu gehen. Wenn man sie zweimal bitten musste, wurden sie außerdem aufgefordert, nicht wieder zu kommen. Es war eine verbindliche Regel.

Während die Stammgäste diesen Grundsatz verstanden und bewunderten, gab es einige, die es nicht taten. Neulinge, die auf ihrer Tour durchs Weinland nur durchreisten. Ericas Erfahrung nach ließen viele Menschen, die im Urlaub waren, eine Konferenz oder ein anderweitiges geschäftliches Event besuchten, ihre Manieren zuhause. Sie fühlten sich dazu bestimmt, sich wie die Tiere zu benehmen.

Das hatte sie im Kopf, als sie lächelte und die kleinen Kommentare und Anmachen einer Gruppe junger Männer duldete, die an diesem Abend im Pub waren. Die drei waren guter Stimmung, witzelten und lachten etwas zu laut. Sie hatten getrunken, daher machte es Sinn – und zuerst waren sie auch ziemlich respektvoll. Sie war daran gewöhnt, dass Gäste sie beäugten, es störte sie also nicht zu sehr.

Als sie jedoch etwas deutlicher in ihrer Bewunderung wurden, wendete sich der Abend. Sie hörte, wie sie ihre Brüste und ihren Po kommentierten, lachten und johlten, wann immer sie sich zum Kühlschrank hinunterbeugte, um ein Bier oder eine gekühlte Flasche Wein zu holen. Mit der Zeit fühlte sie sich schmerzlich gehemmt.

„Bist du okay hier draußen?" Brady kam in die Bar und beobachtete eine Runde Gelächter, als Erica sich nach vorne beugte.

Sie zwang sich zu einem Lächeln. „Ich bin okay. Du weißt ja, wie es hier manchmal ist", sagte sie und zuckte mit den Schultern.

Er kniff die Augen zusammen. „Bist du sicher? Ein Wort von dir und sie sind weg. Du weißt, wie wir das sehen."

Sie lächelte nun aufrichtiger. „Ich weiß. Das weiß ich zu schätzen. Es ist kein großes Ding. Außerdem haben sie eine ziemlich hohe Rechnung. Ich hoffe auf gutes Trinkgeld." In Wirklichkeit wollte sie keinen Ärger machen – Männer wie diese gaben nur selten Trinkgeld, dachten, dass ihr Scharm und das Angebot eines gemeinsamen Abends genug war, um die Fantasie jeder Kellnerin zu befriedigen. Es war nicht ihr erstes Rodeo. Sie straffte die Schultern und ging zurück, entschlossen, sich wie eine Lady zu geben. Tatsächlich hätte sie gerne ihre Köpfe zusammengeschlagen.

„Was machst du heute nach der Arbeit?" Sie war sich nicht sicher, wer gefragt hatte, und die Bar war zu voll, um wirklich Acht zu geben. Sie blickte nur kurz mit einem abgelenkten Lächeln in ihre Richtung und zuckte mit den Schultern, bevor sie einem anderen Gast einen Cocktail brachte.

Ihre Reaktion war nicht gut genug. „Hey, Süße. Mein Freund hier will deine Nummer haben." Das scheinbare Alpha-Männchen der Gruppe, größer und bulliger als der Rest, hatte die lauteste Stimme und das arroganteste Verhalten. Erica lächelte nur und richtete ihre Aufmerksamkeit dann auf andere Gäste. Das ging nicht gut.

„Hey. Hallo! Hier drüben. Ich sagte, mein Freund möchte deine Nummer."

Erica lächelte ihren neuen Kunden an und drehte sich dann zu dem widerlichen Typ, der vermutlich mal Mitglied einer Bruderschaft gewesen war – ein *Frat Boy*, so nannte sie ihn zumindest heimlich. „Ich habe dich gehört. Es ist aber nicht Teil meines Regelwerks, Gästen meine Nummer zu geben. Sorry. Danke für das Interesse." Sie drehte sich zurück zu ihren anderen Gästen und bot ihnen eine weitere Runde an Getränken an.

„Arrogante Schlampe." Der Raum schien nun vollkommen still zu sein, oder vielleicht geschah das auch nur in Ericas Kopf.

„Wie bitte? Ich kann meinen Chef holen und ihr zwei könnt das ausdiskutieren, wenn du ein Problem hast."

„Hört sie an." Er bewegte seinen Daumen ruckweise in Ericas Richtung und seine Freunde lachten. Sie wollte ihm jedes einzelne Haar vom Kopf reißen und es ihm in den Rachen stecken.

„Hey, *dude*. Sie hat gesagt, sie hat kein Interesse."
Einer ihrer Stammgäste, ein Mann mittleren Alters mit
dem Namen Corey, der noch immer das Wort „*dude*"
gebrauchte. Absolut Kalifornien.

Frat Boy ging auf Corey zu. „Und wer zum Teufel
denkst du, dass du bist, mir sagen zu wollen, was ich zu
tun habe?"
Erica rann hinter der Bar hervor, die Panik stieg in ihr auf.
Eine Prügelei war das Letzte, was sie jetzt brauchte. Sie
hätte Brady die Unruhestifter rauschmeißen lassen sollen,
als er es tun wollte.

„Komm schon, Jungs. Streitet nicht deswegen. Geht
zurück zu euren Drinks." Sie warf Corey einen dankbaren
Blick zu und richtete ihre Aufmerksamkeit dann auf die
Frat Boys. „Wirklich. Kommt schon. Ich will meinen Boss
nicht holen müssen. Er mag keine Prügeleien in seinem
Pub."

„Oh, ich hab so verfickte Angst." Der Alpha- *Frat
Boy* lachte verächtlich.

„Hast du ihn gesehen?" Brady hätte mit allen dreien
kurzen und einfach Prozess gemacht. „Bitte. Setz dich hin.
Ich hole euch noch eine Runde." Sie drehte sich mit der
Absicht um, zurück zur Bar zu gehen und ihnen drei
Drinks einzuschenken, in der Hoffnung, dass es ihnen
reichte.

Stattdessen nahm *Frat Boy* sie bei der Taille und zog
sie zu sich. Seine Hände waren sofort an ihren Brüsten.
Seine Freunde lachten.

„Hört auf!" Erica hatte Mühe, sich zu befreien.

Corey und zwei andere Gäste bewegten sich, um ihr zur Hilfe zu kommen … dann geschahen eine Menge Dinge zur gleichen Zeit. Ein Paar Hände riss sie aus *Frat Boys* Griff und mehrere Stimmen schrien überrascht auf. Ericas war darunter. Sie bewegte sich aus dem Gefecht heraus und drehte sich dann, um herauszufinden, dass es nicht Brady war, der ihr geholfen hatte. Es war auch nicht Sean oder gar Quinn.

„Warum versuchst du nicht, mich zu begrapschen?", fauchte Riley und erinnerte Erica an einen Pitbull, der darauf wartete zuzuschlagen.

„Riley, ich bin okay."

Er hob eine Hand und winkte sie zurück. „Ich fordere dich auf, jetzt zu gehen, du verknöcherter Schwanz. Und nimm deine Kumpels mit."

„Und wer bist du?", *Frat Boy* schaute an ihm hoch und runter. Mit Riley war nicht zu spaßen – während *Frat Boy* so aussah, als würde er regelmäßig trainieren, hatte er nicht das breite Kreuz und die massiven Hände Rileys.

„Ich bin Miteigentümer der Einrichtung, in der du stehst. Ich zeige dir gern die Urkunde, wenn du mir nicht glaubst. Und meine Brüder können auch jederzeit rauskommen. Vielleicht hast du sie noch nicht getroffen. Die drei." Er warf einen Blick auf die Freunde von *Frat Boy*. Beide traten einen Schritt zurück.

Frat Boy machte den Fehler zu spotten. „Verschon mich!" Er schob Riley zur Seite und wollte zurück zu seinem Hocker. Es war die Entschuldigung, die Riley gebraucht hatte, um ihn fertigzumachen.

„Riley, nein!" Es war zu spät. Er nahm *Frat Boy* beim Kragen und beförderte ihn nach draußen. Dutzende Kunden rannten zum Fenster, um zu sehen, was geschehen würde, Erica ging stattdessen in die Küche und rief nach Rileys Brüdern, die alle angerannt kamen. Zusammen gingen sie nach draußen.

Riley und *Frat Boy* umkreisten sich.

„Riley, bitte!", rief Erica. „Komm rein. Er ist es nicht wert."

„Hör auf deine Freundin, Kumpel. Außer du willst, dass ich dir eine reinhaue." Sogar Erica konnte die bebende Angst in *Frat Boy*'s Stimme hören.

Riley lachte. „Komm schon. Lass uns loslegen. Ich habe dir die Chance gegeben zu gehen und du hast sie nicht angenommen."

Frat Boy sah sich um und erbleichte, als er Quinn, Brady und Sean erblickte.

„Was ist das? Die irische Mafia?" Erica bemerkte, dass er einen seltsamen grünen Gesichtston annahm.

„Aye, mein Freund. Wir mussten Irland verlassen, um der Verfolgung unserer Verbrechen zu entkommen." Bradys Stimme war fest, wie seine Fäuste.

Erica unterdrückte ein Lachen.

„Na schön. Ich weiß, wenn ich in der Unterzahl bin." Er hob ergeben die Hände nach oben. Die Jungs entspannten sich, sogar Riley.

Dann machte er jedoch einen Fehler. Er sah zu Erica, als er an ihr vorbeiging, und spöttelte. „Schlampe."

Riley sprang ihn an und verpasste dem Mann einen einzelnen Schlag ins Gesicht. Aus seiner Nase spritzte Blut.

„Das hast du verdient", murmelte Sean und nahm Riley am Arm, um ihn nach drinnen zu führen. Riley sah blutdürstig aus, er spuckte Richtung *Frat Boy*. Die Jungs gingen nach drinnen, während *Frat Boys* Freunde ihn vom Bordstein aufsammelten und wegführten.

Erica schüttelte sich leicht, als sie zurück in den Pub ging. Brady und Quinn arbeiteten hart daran, die Stimmung im Pub wieder aufzuheitern, lächelten, machten Witze, schenkten Bier ein. Die Gäste schienen auszublenden, was geschehen war.

Doch da war kein Riley. Sie wusste nicht einmal, wo er hergekommen war, hatte nicht gemerkt, dass er im Gebäude gewesen war. Sie ging in die Küche, wo er seine Faust mit einem provisorischen Eispacket umwickelte.

Sean sah, dass sie hereingekommen war, und verließ die Küche, als stünde sie in Flammen. Sie starrte Riley an und wartete darauf, dass er etwas sagte. Als er stumm blieb, sagte sie: „Danke dafür. Aber ich war in Ordnung."

Er rollte mit den Augen. „Aye, so sahst du aus. Der Oktopus hatte seine Tentakeln überall an dir."

„Ich weiß. Es war nicht das erste Mal." Sie zuckte mit den Schultern.

„Das nächste Mal, wenn Brady anbietet, jemanden für dich rauszuschmeißen, sagst du nicht nein. Er ist der Eigentümer."

Sie schauderte. „Also warst du die ganze Zeit hier

hinten und hast mich ausspioniert? Zu feige, um herauszukommen und hallo zu sagen?"

Sein Kiefer fiel nach unten. „Warst du gerade da draußen? Hast du gesehen, was ich getan habe? War das etwas, was ein Feigling tun würde?"

„Es gibt verschiedene Arten, ein Feigling zu sein." Tief im Inneren wollte sie ihre Arme um ihn legen und ihm dafür danken, dass er sie beschützt hatte. Er war der Mann gewesen, den sie brauchte, der sie vor Unheil beschützte, doch nun spürte sie nur Feindlichkeit und Distanz zwischen ihnen.

Halte mich, dachte sie. *Schieb alles zur Seite und halte mich. Bitte, ich brauche dich.*

Er tat nichts dergleichen. Stattdessen drehte er sich auf dem Absatz um und ging ohne ein weiteres Wort. Sie schaffte es zu warten, bis er fort war, bis er sie nicht mehr hören konnte. Dann fing sie an zu weinen.

KAPITEL
ZWEIUNDZWANZIG

Es war die Hölle, von Erica fern zu bleiben. Doch es gab keine andere Lösung. Er konnte ihr nicht unter die Augen treten, bis er wusste, was Lucy vorhatte. Es würde sonst nicht fair sein. Sie mit Gefühlen, Wünschen und Träumen zu verwirren, wenn er selbst keine Ahnung hatte, wie sein Leben in neun Monaten aussehen würde.

Er hatte gedacht, in ihrer Nähe sein zu können. Darum war er an dem Abend ins Restaurant gegangen, als das Arschloch sie befummelte. Er konnte nicht wegbleiben. Und sie war deshalb nur wütender geworden. Es war ein Fehler gewesen, also stellte er jetzt sicher, dass er, soweit es möglich war, von ihr fern blieb.

„Du kannst dich nicht für immer vor Erica verstecken", hatte ihm Quinn fast eine Woche, nachdem er für sie gekämpft hatte, gesagt. Sie saßen zum Frühstück bei Quinn zuhause, alle fünf. Conor war aus San Francisco hergefahren, während Lilly einige Tage nach Dads

Geburtstagfeier zurück nach Miami geflogen war. Brady und Conor hatten ihre Mädchen eindeutig um etwas Zeit allein gebeten, denn Anna hatte Madlyn und ihren Sohn Jax zu einem Kindermuseum in Napa begleitet.

Obwohl sie bei Quinn zu Hause waren, hatte Brady das Kochen übernommen. Er war der beste Koch der Gruppe und er ging aufs Äußerte, Speisen zuzubereiten, die Amerikaner nicht aßen. Es war faszinierend: Sie dachten, French Toast oder Pancakes seien ein gutes Frühstück, würden aber stocken, wenn es um Eier, Speck, Wurst, Blutwurst, Bohnen, Tomaten und Sodabrot ging. Es war „zu viel", wie sie sagten.

Brady trug das gegrillte Brot auf, das Riley in den Dotter seiner Spiegeleier tunkte. Er versuchte, Quinns penetranten Blick zu meiden, doch es gab keinen Ausweg.

„Es ist erst eine Woche her und ich weiß, dass sie sich auf ihre Prüfungen konzentrieren muss. Ich werde nicht für immer versuchen, mich vor ihr zu verstecken", sagte er leise. Das letzte, was er jetzt brauchte, war eine Belehrung, doch es schien so, als wäre Quinn in der Stimmung, eine abzuliefern, ob es sein Bruder wollte oder nicht. „Ich warte auf Lucys Entscheidung, was sie möchte", erklärte er. „Damit ich Erica Bescheid geben und sie eine informierte Entscheidung treffen kann, ob sie weiterhin etwas mit mir zu tun haben oder lieber weiterziehen möchte."

„Wartest du, ihr mehr Informationen zu geben? Es scheint nämlich so, als würdest du das tun können, ohne sie zuerst von dir zu stoßen, genau das tust du nämlich."

Diese Worte kamen von Conor. Riley liebte seinen

mittleren Bruder, doch der Kerl hatte keine Ahnung, wovon er sprach. „Sie ist diejenige, die um Zeit und Raum gebeten hat. Du warst an jenem Tag nicht in der Bar, um es selbst zu hören, doch das hat sie gesagt."

„Bist du verrückt im Kopf?", schnauzte Quinn.

„Was?", sagte Riley.

„Sie stand unter Schock, du beklopptes Arschloch. Himmel." Sean schüttelte den Kopf. „Sie will dich. Sie wartet nur auf ein Zeichen von dir, dass du sie noch immer willst."

„Ich denke, ich habe ihr das Zeichen gegeben, als ich das Arschloch verdroschen habe, das sie angefasst hat. Glaubst du nicht auch?"

„Nein, denn du hast ihr den Rücken zugedreht, du Made", sagte Brady.

„Nur, um ihr Freiraum zu geben. Und Zeit."

„Oh, den gleichen Raum, die gleiche Zeit, die sie dir geben wollte? Den Raum und die Zeit, die niemand von euch beiden im Grunde möchte, aber ihr seid zu verletzt, verwirrt und stur, um das zuzugeben?"

Riley öffnete den Mund, um mit Brady zu streiten, doch schloss ihn wieder, als er bemerkte, dass es keinen Sinn machte. Sie hatten alle recht. Riley war ein beklopptes Arschloch. Er hatte das Richtige tun wollen, ihr Raum und Zeit geben, doch das war das Letzte gewesen, was er wollte. Vielleicht fühlte sie genauso und sie redeten nach all den Rückschlägen, die sie einstecken mussten, schlichtweg aneinander vorbei. „Ich bin ein unglaubliches Arschloch." Riley schob sein Essen auf dem Teller herum und wünschte, im Erdboden versinken zu können.

„Was wirst du tun?"

„Ich weiß es nicht", gab Riley zu. „Ich weiß nicht, ob ich etwas tun kann. Am Tag, nachdem ich ihr meine Liebe gestanden hatte, musste sie mitanhören, dass ich eine andere Frau geschwängert habe. Welche romantische Geste wird das wieder gut machen?"

Die fünf saßen schweigend da, das einzige Geräusch kam von ihren Messern und Gabeln auf ihren Tellern.

„Was mag sie?", fragte Conor.

Riley zuckte mit den Achseln. „Vieles. Alte Musik. Vor allem Queen." Die anderen murmelten anerkennend. „Tanzen. Die Weihnachtsfeiertage – sie ist ein Weihnachtsfreak. Sie trägt sogar mitten im Mai Weihnachtssocken."

„Kauf ihr etwas Schönes", schlug Brady vor.

„Ne, sie ist nicht diese Art von Mädchen", wendete Sean ein. „Sie lässt Geschenke nicht über Emotionen gehen."

„Sean hat recht", entschied Riley. „Ein Schmuckstück würde bei manchen Frauen funktionieren, aber nicht bei ihr. Ich würde nicht so gerne mit ihr zusammen sein wollen, wenn es das täte."

Sie verfielen erneut in Schweigen.

„Um ehrlich zu sein, weiß ich nicht einmal, ob sie etwas mit mir zu tun haben möchte", murmelte Riley. „Ich wäre nicht überrascht, wenn sie mir raten würde, mir meine Entschuldigung sonst wohin zu stecken."

„Sie ist nicht der Typ und das weißt du", sagte Sean.

„Ich habe sie beobachtet. Sie scheint verärgert über dich zu sein. Ich bin mir sicher, sie will mit dir nach einer Lösung suchen."

Riley war sich nicht so sicher. Doch er würde seinem Bruder glauben und auf jede mögliche Art versuchen, es wieder hinzubiegen.

Er vermisste sie. So verdammt sehr.

Er hörte auf, sich selbst zu bemitleiden. Er hatte ein Leben zu leben. Eines, das danach aussah, als würde es ein Kind beinhalten.

Er hoffe nur, es würde auch die Frau beinhalten, die er liebte: Erica.

KAPITEL
DREIUNDZWANZIG

Nach allem, was geschehen war, grenzte es an ein Wunder, dass Erica es durch ihre Abschlussprüfungen schaffte. Sie bestand sie alle mit guten Noten, doch nicht einmal das hinterließ bei ihrer Depression einen Eindruck. Verdammter Riley, der sie in sich verliebt gemacht und dann weggelaufen war.

Sie wusste, dass das keine faire Aussage war. Sie wusste, dass er eine Lösung mit ihr hatte finden wollen und dass sie ihn von sich gestoßen hatte, ihm gesagt hatte, dass Lucys Schwangerschaft nichts mit ihr zu tun hätte. Dass sie ihm gesagt hatte, dass er Zeit und Raum brauchen würde, um zu entscheiden, was er tun wollte.

Doch am Ende war er derjenige gewesen, der sich weggedreht hatte und davongegangen war und in ihrem irrationalen Hirn fühlte sich das an, als hätte er sie aufgegeben. Zum Spielen war sie gut genug, doch dem Mädchen zuhause würde für immer sein Herz gehören. Es war die einzige Erklärung, andernfalls wäre er nie verschwunden, egal wie kräftig sie ihn weggestoßen hätte.

Die meiste Zeit der Woche, die vor den Examen, hatte sie ihn nicht gesehen – außer in der Nacht, als er *Frat Boy* flach auf den Bürgersteig befördert hatte. Dann hatte sie sich um die Prüfungen Sorgen machen müssen. Sie hatte eine Woche freigenommen, um sich darauf zu konzentrieren. Als ob sie sich konzentrieren könnte.

Ihr erster Arbeitstag war am Freitag nach der letzten Prüfung. Nach ihrer Schicht hatte sie vor auszugehen und sich mit ihren Freundinnen in die Besinnungslosigkeit zu trinken. Es war ein anstrengendes Semester gewesen und sie verdiente es, die Sau rauszulassen.

Leider musste sie zuerst ihre Schicht überstehen. Sie hatte Riley verloren, doch sie konnte es sich nicht leisten, auch noch ihren Job zu verlieren. Es war egal, ob es ihr drohte, Riley dort zu sehen – oder zu hören, dass er zurück nach Irland gezogen war, was sehr gut möglich war. Er hatte ihr klar gemacht, dass sie ihm nichts bedeutete. Es war Zeit, sich am Riemen zu reißen.

In ihrem Herzen wusste sie, dass sie sich selbst zum Narren machte. Dass sie in der Lage sein würde, weiter im *The Stylish Irish* zu arbeiten. Sie würde nicht dazu fähig sein, Riley und seine Brüder jeden Tag zu sehen, als konstante Erinnerung an all das, was sie verloren hatte.

Trotz allem liebte sie Riley. Sie würde ihn immer lieben. So einfach und so tragisch war es. Irgendwo unterwegs hatte sie sich schwer verliebt und selbst die Gefahr, dass er sie für eine andere Frau verlassen könnte, war nicht genug, um ihn aus ihrem Herzen zu radieren.

Sie *wollte* ihn nicht vergessen. Das war das Schlimmste. Am Ende einer Beziehung war es immer eine reflexartige Reaktion, vorgeben zu wollen, dass die andere Person nie existiert hat. Alles vergessen zu wollen, da Erinnerungen den Schmerz nur vergrößern. Erica wollte das nicht. Sie wollte niemals vergessen, wie glücklich sie in den paar Wochen mit Riley gewesen war. Etwas zu haben, worauf man sich freuen konnte. Dieser kleine Funken Freude, den sie nicht einmal während der Weihnachtsfeiertage je gefühlt hatte.

Verdammter Riley, ihr dieses Gefühl zu geben. Das Leben wäre so viel einfacher, wenn sie diese Freude nie erlebt hätte. Sie würde nicht wissen, was sie verpasste. Sie nahm ihm das übel. Sie zu verlassen und sie wissen zu lassen, was sie verpasste.

„Reiß dich zusammen, Mädchen", raunte sie ihrem Spiegelbild zu, als sie sich für die Arbeit fertig machte. Sie kämmte ihr goldenes Haar in einen Pferdeschwanz und befestigte ihn oben an ihrem Kopf. Sie sah sich selbst aus verschiedenen Blickwinkeln an. Vielleicht war es mal wieder Zeit für eine Veränderung? Ein helles Rot? Blau? Vielleicht nur die Spitzen oder vielleicht der ganze Kopf? Es war eine Überlegung wert.

Auf dem ganzen Weg zur Arbeit hörte sie ihre Lieblingslieder (obwohl sie Queen mied) und summte tatsächlich vor sich hin, als sie durch die Hintertür in den Pub ging. Die Küche war leer – die Lichter waren an, doch niemand war dort. Normalerweise würde Brady freitagabends den Köchen beim Schneiden der Pommes Frites helfen und Sandwiches und Salate vorbereiten.

„Hallo?" Erica lief durch die Küche und wunderte sich über die Stille. Keines der Frittiergeräte war an. Ofen und Herd waren kalt. „Was ist hier los?"

Sie sah Licht durch das Türfenster, das zu Bar und Speiseraum führte, und Erica folgte ihm. Etwas ging vor sich und sie fürchtete sich fast davor herauszufinden, was es war. Schreckliche Bilder gingen ihr durch den Kopf, als sie die Tür öffnete.

Was sie sah, nahm ihr den Atem.

Zuerst die Lichter. Weihnachtslichterketten auf jeder Oberfläche hingen kreuz und quer zwischen den Balken an der Decke. Erica keuchte und bestaunte sie.

Dann die Kerzen, die auf der Bar aufgereiht standen und auf jedem Tisch und die Bar warm erleuchteten. In der Ecke ein Weihnachtsbaum, der hell glitzerte. Es war wie ein Märchenland.

Doch es war auch Juni.

„Hallo?" Ihre Stimme war dieses Mal leiser und etwas holprig.

„Hi."

Sie drehte sich um und sah Riley in der Ecke zu ihrer Linken. Sie hatte ihn nicht bemerkt, war zu beschäftigt damit gewesen, sich vom Raum hinreißen zu lassen.

„Was ist das alles?", fragte sie außer Atem.

„Weihnachten im Juni. Was denkst du denn?" Er trat aus dem Schatten heraus und hielt eine einzelne, langstielige rote Rose, die er hinter seinem Rücken versteckt gehalten hatte. „Es ist alles für dich. Eine kleine Geste, aber eine von Herzen. Um zu sagen, dass es mir leidtut. Um zu sagen, wie viel du mir bedeutest. Um dir zu zeigen, dass ich dich glücklich machen will, auch wenn es bedeutet, im Juni einen Weihnachtsbaum zu finden und unsere ganze Weihnachtsdeko rauszusuchen."

„Oh … Riley. Ich weiß nicht, was ich sagen soll." Tränen füllten ihre Augen und sie lachte zitternd. „Ich weiß es wirklich nicht."

„Du musst nichts sagen", versicherte er ihr. „Ich bin derjenige, der auf den Knien sein sollte, dich um Verzeihung bittend. Es gibt keine Entschuldigung für mein Verhalten."

Naja, eigentlich gab es eine Entschuldigung. Von einer Frau, von der du dachtest, dass du sie nie wieder sehen würdest, gesagt zu bekommen, dass du Vater wirst, war ein ziemlich großer Schock. Und sie hatte die Situation mit ihrer Reaktion sicherlich nicht verbessert. „Du hattest viel im Kopf."

„Das ist noch immer keine Entschuldigung. Und du musst mir nicht vergeben, wenn du nicht möchtest. Ich würde es dir nicht vorwerfen."

Tränen traten auf Ericas Wangen, obwohl sie sie kaum spürte. „Du bist gegangen …"

„Ich bin sofort wiedergekommen, doch du warst weg."

„Du bist weggeblieben …"

„Du hattest recht. Ich habe Raum und Zeit gebraucht, um ein paar Dinge zu verarbeiten."

„Ich dachte, du wolltest nicht mehr mit mir zusammen sein."

„Nichts könnte der Wahrheit ferner sein. Ich will dich mehr als alles andere. Ich habe nur Angst, dass ich dich nicht verdiene."

„Das ist nicht wahr", beharrte sie.

„Naja, aus meiner Perspektive ist es das."

„Riley, ich liebe dich." Die Worte sprudelten aus ihr heraus, bevor sie sie aufhalten konnte. Sobald sie draußen waren, löste sich all die verbundene Angst in Luft auf. Sie fühlte nichts als Freude und bewusste Selbsterkenntnis.

„Gott sei Dank." Er zog sie in seine Arme, vergrub sein Gesicht in ihrem Nacken und drückte sie fest an sich, doch dann wich er zurück. „Du sagst das nicht nur, weil ich einen Baum für dich aufgestellt habe? Oder weil ich meine Brüder überzeugt habe, den Laden heute geschlossen zu halten?"

„Hast du?" Sie lachte überrascht.

„Oh, ja. An einem Freitag. Ich dachte, Quinn würde den Verstand verlieren.

„Naja, ich sagte nicht nur wegen dem Baum, den Lichtern oder dem geschlossenen Pub, dass ich dich liebe. Obwohl ich deshalb die Trinkgelder eines ganzen Freitagabends verliere ... Ich sage es nur, weil ich dich liebe. Das ist alles. Ich will, dass wir zusammen sind, egal was kommt.

„Egal was?"

Sie nickte. „Egal was. Ich vermisse dich, ich kann es nicht ertragen, ohne dich zu sein."

„Es bedeutet mir so viel, dass du trotz dem Wahnsinn mit mir zusammen sein möchtest."

„Wir finden eine Lösung. Vielleicht sogar eine bessere. Zusammen.

Riley nahm Ericas Gesicht in seine Hände. Er streichelte ihre Wangen mit seinen Daumen und wischte ihre Tränen weg. „Du bist die Welt für mich. Ich liebe dich auch."

Sie weinte noch lauter. „Ich bin so froh, ansonsten würde ich mich ziemlich dämlich fühlen."

Er lachte leise und küsste sie dann. Die Welt rückte an ihren Platz zurück. Sie war sich so sicher gewesen, dass er sie nie wieder berühren würden, so besorgt, dass sie ihn nie wieder sehen würde. Seine Lippen an ihre gepresst zu fühlen, ihm so nah zu sein, dass sie die Wärme seines Körpers fühlen konnte, war wie ein Wunder.

Als Riley zurückwich, war da ein Lächeln auf seinem Gesicht, und Erica wusste, dass sie das teilte.

„Ich muss dir etwas sagen", flüsterte er, streichelte ihr Haar und berührte ihre Stirn mit seiner.

„Was?"

„Es gibt kein Baby."

Ericas Augen wurden groß und sie machte einen Schritt zurück. „Kein Baby?"

Er schüttelte den Kopf. „Es war falscher Alarm. Als sie zum Arzt ging, erklärte ihr dieser, wie das passieren konnte."

„O mein Gott." Sie warf ihre Arme um ihn, weinend. Sie wäre so oder so mit ihm zusammen geblieben, doch zu wissen, dass es kein ungeplantes Baby mit einer anderen Frau gab, füllte sie mit Erleichterung. Es war deutlich, dass er genauso fühlte.

Dann küsste sie Riley erneut – und dieses Mal hörte er nicht auf. Stattdessen erhöhte er das Tempo, seine Hände umfassten ihren Po und er trug sie zum nächsten Tisch. Er setzte sie darauf und Erica lehnte sich gerne zurück, als er sich auf ihr niederließ. Sein Mund war überall, seine Hände bereisten ihren ganzen Körper. Ihre Oberschenkel hoch und runter, ihren Po betastend, in ihre Weichheit grabend. Über ihre Brüste und ihren Bauch. Dann zwischen ihre Beine. Sie stöhnte und keuchte und bettelte für mehr, als er ihre Hitze rieb.

War es, weil sie sich wochenlang nicht gesehen hatten oder weil sie sich nahezu in einem Gestöber der Verwirrung und der leichtsinnigen Worte verloren hatten? Der Grund spielte keine Rolle – ihre Körpertemperatur schoss über die höchsten Leidenschaftslevel hinaus. Sie stieß ihre Hüften nach oben, um ihn zu treffen, sich an ihm zu reiben, verzweifelt nach Erleichterung suchend. Es war so lange her. Sie hatte ihn so sehr vermisst, und ihn wieder zu haben, war wie ein Wunder. Ihr Herz raste, ihre Haut rötete sich, bis sie brannte, genau wie die stetig wachsende Hitze zwischen ihren Schenkeln. Ihre Münder trafen sich und Erica griff Riley mit ihren Beinen, Armen, so gut sie konnte, um ihn so nah wie möglich bei sich zu haben. Dieser Moment. Der Mann, den sie liebte, der sie liebte. Sie waren zusammen, nichts konnte sie auseinanderbringen. Es war erstaunlich und aufregend, machte alles so viel spannender. Sein erregter Schwanz drückte gegen ihre Jeans und sie stöhnte in seinen Mund, als er sie vögelte. Sie sehnten sich beide nach mehr.

Er stand auf und zog sich seinen Pullover über den Kopf. Als sie seinen Körper sah, weiteten sich ihre Augen – er war genauso wunderschön, wie sie es in Erinnerung hatte, falls nicht sogar mehr, da er nun ihr gehörte. Er liebte sie. „Ich liebe dich so sehr", flüstere sie und zog seinen Kopf zu sich, um auf ihren zu treffen. Sie fuhr mit ihren Händen an seinem Körper entlang, saugte ihn in sich auf, entzückte sich an seiner Dicke und Feste. Seiner Stärke und Kraft.

Sie stieß ihre Zunge in seinen Mund, als sich ihre Hände hastig an seinem Gürtel und dann an seinem Reißverschluss zu schaffen machten. Sie nahm sein heißes Stück in ihre Hände, streichelte die Erektion, während er stöhnte. Riley keuchte, zog seine Lippen von ihren, warf seinen Kopf zurück und fluchte auf Gälisch. Ihr Mund liebkoste seine warme, weiche Haut, ihre Zunge tanzte über sich wiegende Muskeln seiner Brust und seines Bauches, als sie ihn streichelte. Es war wie ein Rausch zu wissen, dass sie ihn so wahnsinnig machen konnte.

„Das ist zu gut für mich, um durchzuhalten", flüsterte er schließlich und entfernte sich von ihren Händen. Erica hob ihre Arme und ließ sich ihr Shirt ausziehen, Rileys Hände berührten jeden Zentimeter ihres Körpers, von der Taille zu den Fingerspitzen. Er war der einzige Mann, der sie anturnen konnte, indem er einfach nur die Innenseite ihrer Handgelenke berührte. Er war elektrisierend.

Er entfernte ihren BH, liebkoste ihre nackten Brüste, wie nur er es konnte. Sie stöhnte vor Erleichterung – sie hatte nicht gemerkt, wie sehr sie seine Berührung vermisst hatte. Er saugte einen Moment an ihr, bevor er sie zurück auf den Tisch drückte, bis sie flach da lag. Sein Mund erkundete mehr von ihr, leckte einen sinnlichen Pfad von ihrer Brust zu ihrem Bauchnabel. Als er den Bund ihrer Jeans erreichte, hechelte und grunzte sie wie ein Tier.

Sie krümmte sich mit gespreizten Beinen unter ihm, ihr Kopf rollte von einer Seite zur anderen. Sie lud ihn ein, mehr zu nehmen. „Bitte …", flüsterte sie und fuhr mit verzweifelten, gierigen Händen seine starken Arme hoch und runter. „Ich brauche dich."

Er zog ihr fast grob die Hosen aus. Seine Dringlichkeit ließ sie überrascht aufjaulen, doch die Überraschung wurde zu unsagbarem Genuss, als Rileys Mund sich über ihre inneren Oberschenkel bewegte, ihr brennendes Fleisch neckend leckte und dabei leicht ihre Unterhosen berührte. Er neckte sie mit Druck, ohne ihr zu viel Genuss auf einmal zu geben.

„Gib es mir", bettelte sie und schob ihre Unterhosen hinunter. Er hielt sie still und schleckte ihre Feuchte, ließ sie sich krümmen und winden. Sie wickelte ihre Beine um seinen Rücken und zog ihn zu sich. „Bitte, Baby. Liebe mich." Sie wimmerte, die Hitze machte sie fast wahnsinnig, als er sie neckte und quälte. Es fühlte sich so gut an, sie hätte weinen können.

Endlich stand er auf, unfähig, selbst mehr zu ertragen. Schnell zog er ein Kondom über. Sie stöhnte voller

Vorfreude, als er sich vor ihr in Stellung brachte. Selbst der Druck war köstlich und das Versprechen, das darin lag.

Ohne den Augenkontakt abzubrechen, führte Riley sich in sie hinein und rutschte dann weiter, bis er ihre tiefsten Gründe erreichte. Zusammen schrien sie dankbar und erleichtert auf. Ihr Körper hatte sich nach ihm gesehnt und endlich linderte er ihren Schmerz. Vervollständigte sie.

Sie sah genau zu, wie sich sein Gesicht veränderte, als er raus und wieder rein rutschte. Ein Gefühl der Unvermeidlichkeit füllte ihr Herz. Es hatte so geschehen müssen. So war es bestimmt. Sie waren füreinander geschaffen.

Als er Ericas Körper mit pulsierendem, pochendem Bedürfnis füllte, traten ihr die Tränen in die Augen. Die vertraute Leidenschaft, die sie jedes Mal spürte, wenn sie zusammen waren, hinterließ nichts als Sensation und jegliche rationale Gedanken waren wie weggewischt.

Riley nahm ihre Hüften in seine Hände, um sie festzuhalten, während er seinen Penis rein und raus pumpte. Erica drückte sich mit den Händen ab, während sie sich aufsetzte, und ihre Arme und Beine um ihn schlang. Sie konnte ihm nicht nahe genug sein, konnte nicht genug an ihm berühren, nachdem sie sich so lange hatte zurückhalten müssen. Sie war sich so sicher gewesen, dass es vorbei war, und die Freude und das Bedürfnis waren schon fast genug, um sie zu überwältigen.

Während sie seine Brust küsste, strich sie ihre Zunge über seinen Hals. Rileys Haut war heiß, sein Puls klopfte direkt unter der Oberfläche. Sie saugte an seinem Nacken und biss ihn dabei zärtlich. Sie genoss das kleine Keuchen, das ihre Zähne ihm entlockten, und er pumpte härter. Sie hatte das Gefühl vermisst, ihn in sich zu spüren, überall. Er machte sie zum Tier, ihr Verlangen zerstörte sie nahezu, während er es seinem eigenen anpasste.

Sein Mund bedeckte ihren und seine starken Arme hielten sie nahe an sich. Sein Herz dröhnte an ihrer Brust, als er sie mit einer Leidenschaft küsste, die er wochenlang zurückgehalten hatte. Seine Hüften verlangsamten nie ihre stoßende Bewegung, als er sie beide näher zur Erleichterung brachte.

„Oh … Riley …" Jeder lange, starke Stoß ließ sie aufschreien, als sich die Hitze zwischen ihren Beinen in ihrem Körper verteilte. Die Anspannung in ihr verengte sich fast unerträglich, bis die Kraft sie von Kopf bis Fuß versteifte. Als sie endlich losließ, tat sie es mit einem Schluchzen der verzweifelten Leidenschaft und fühlte Rileys Pochen in ihr. Seine ausgedehnten Schreie sagten ihr, dass auch er kam. Gemeinsam durchbrachen sie die Wand und Momente später lagen sie in einem Wirrwarr aus Armen und Beinen, verschwitzt und atemlos, ineinander verhakt.

„Ich liebe dich." Es war das einzige, was sie sagen konnte, und sie wiederholte es mit jedem Herzschlag. Riley hielt sie enger an sich und sie wusste, dass er dasselbe fühlte. Sein Herz klopfte unter ihrem Ohr und sie schloss lächelnd die Augen, als der Rhythmus sie friedlich einlullte.

„Danke", flüsterte er und streichelte ihr Haar.

„Für was?" Sie streckte sich und lehnte sich zurück, um ihn anzulächeln.

„Dafür, dass du mich liebst. Mich akzeptierst und auf meiner Seite stehst. Dafür, dass du mit mir zusammen sein willst, egal was kommst."

„Das werde ich immer", murmelte sie und zog ihn am Nacken zu sich, bis seine Lippen die ihre trafen. „Du hast mich am Hals, Riley O'Neill. Für immer."

„Und du hast mich am Hals. Für immer. Wir werden ein fantastisches Leben miteinander haben, Erica. Eines mit Weihnachten im Juni und gestohlenen Momenten in der Vorratskammer."

Erica grinste und lachte und weinte zur gleichen Zeit. „Und wirst du mir Irland zeigen?"

„Noch besser. Ich werde dich in Irland heiraten. Und wir werden Queen während der Zeremonie spielen."

„Vergiss es. Aber es wird unser erster Tanz."

„Ich kann es kaum erwarten", flüsterte er.

„Ich auch nicht." Sie beugte sich vor und küsste ihn und die ganze Welt verblasste um sie herum.

Oder besser: Alles verblasste, außer der einen Sache, die ihr in der ganzen Welt am meisten bedeutete: Riley.

BÜCHER VON VIRNA DEPAUL

KISS TALENTAGENTUR

Band 1: Küss mich für immer (Bastian)
Band 2: Halt den Mund und küss mich (Simon)
Band 3: Küss mich, du sexy Typ (Caleb)

LIEBE AM SPIELFELDRAND

Band 1: Gelbe Karte für die Liebe (Heath)
Band 2: Blaues Blut und tiefe Pässe (Kyle)
Band 3: Ganz tief drin (Alec)

HART WIE STAHL-REIHE

Band 1: Harte Zeiten für Schwere Jungs
Band 2: Harte Fälle für Toughe Anwälte
Band 3: Harte Entscheidungen, Sanfte Liebe
Band 4: Harte Jungs - Zwischen Hammer und Amboss
Band 5: Harte Schale, Weicher Kern

DIE SERIE, ROCK'N'ROLL CANDY

Die Rock'n'Roll Candy Serie handelt von einer Gruppe von Freunden, Schauspieler Bad-Boys und sexy Rock Stars Anfang 20, die jeweils der Frau ihrer Träume begegnen.

Band 1: Sexy wie Rock'n'Roll
Band 2: Stark wie Rock'n'Roll
Band 3: Crazy wie Rock'n'Roll
Band 4: Süß wie Rock'n'Roll
Band 5: Wild wie Rock'n'Roll

DIE SERIE ‚MIT DEN JUNGGESELLEN IM BETT' UMFASST

Band 1: Mit dem falschen Bruder im Bett (Rhys)
Band 2: Mit dem schlimmen Zwilling im Bett (Max)
Band 3: Mit dem Milliardär im Bett (Jamie)
Band 4:Mit dem besten Freund im Bett (Ryan)
Band 5: Mit dem Biker von nebenan im Bett (Cole)
Band 6: Mit dem Bodyguard im Bett (Luke)
Band 7: Mit dem Trauzeugen im Bett (Gabe)
Band 8: Mit dem Boss im Bett (Eric)
Band 9: Mit dem Vater des Babys im Bett (Dante)

DIE SERIE, HEIMKEHR NACH GREEN VALLEY

Band 1: Wozu Liebe in der Lage ist
Band 2: Wohin die Liebe führt
Band 3: Ich will Dich lieben
Band 4: Das Beste meiner Liebe
Band 4.5: Denn du liebst mich

Verrückt nach dem verkehrten Kerl

Einem Werwolfkämpfer verfallen

ÜBER DIE AUTORIN

Virna DePaul ist eine *New York Times* Bestsellerautorin und steht auch auf der Bestselling-Liste von *USA Today* für erregende, spannungsvolle Erzählliteratur. Ob es um Vampire, eine Spezialeinheit für paranormale Phänomene, heiße Polizisten oder umwerfende identische Zwillingsbrüder geht, ihre fiktiven Geschichten handeln immer von komplexen Individuen, die gewillt sind, auch die unglaublichsten Schwierigkeiten zu überwinden, um der Liebe den Weg zu bahnen.

Um weitere Informationen zu erhalten und den kostenlosen Newsletter zu abonnieren, besuchen Sie mich bitte auf: www.virnadepaul.com

Website: www.virnadepaul.com
Facebook: www.facebook.com/booksthatrock
Twitter: twitter.com/virnadepaul